Retrato de Los Tigres

SINDO PACHECO

Retrato de Los Tigres

Publicado por Eriginal Books LLC.
Miami, Florida
www.eriginalbooks.com

© 2013, Sindo Pacheco
© 2014, diseño de cubierta: Ernesto Valdes
© 2013, foto del autor: Ermesto G.
© 2014, ilustraciones: Greico García
© 2014, de esta edición: Eriginal Books LLC.

ISBN-13 978-1-61370-060-0

"Acércate al ángel que está de pie sobre el mar y sobre la tierra, y toma el librito que tiene abierto en la mano." Fui, pues, donde el ángel a decirle que me lo pasara; él me respondió: "Tómalo y cómetelo; será amargo para tu estómago, aunque en tu boca sea dulce como la miel".

Apocalipsis 10, 8-9

UNO

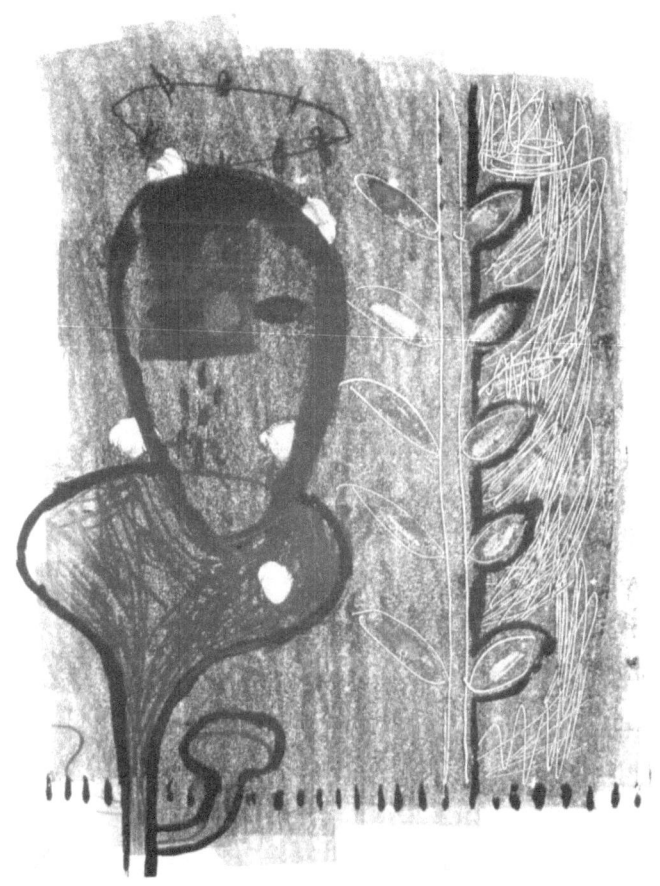

Donde una vez hubo una Virgen

Éramos Pirolo, y Rony, y Santiago y Manet, y alguno más que no me acuerdo.

Íbamos allá, donde una vez hubo una Virgen. Antes fue un sitio luminoso, una fuente circular cuyas luces coloreaban el agua que llovía sobre la imagen como si estuviera lloviendo una lluvia de colores. Muchas veces los niños echábamos centavos que se hundían titilando en mil brillos, hasta juntarse a los cientos de monedas, que nos miraban desde el fondo, con sus ojos de agua. Era una forma de ayudar a los pobres, decían, y así la Virgen a su vez nos ayudaba a nosotros, Virgencita, que no nos arrolle un carro, que no nos inyecten, que no se nos parta un pie, Virgencita, que no nos ahoguemos en un río.

Ahora no había Virgen, ni fuente, ni luces de colores, ni agua; pero aún quedaba la base de cemento donde se apoyara la imagen, y sobre ésta, la punta de acero que la sostuviera.

Hacia allí lanzábamos un sombrero que surcaba el aire, y se enganchaba del metal como si fuera una argolla.

Ya nos habían botado de la escuela, y del grupo, casi de la familia.

No teníamos novias ni nos importaban.

Tirábamos uno a uno el sombrero y llevábamos la cuenta: de cinco cuatro, de seis cinco, de ocho seis. Y ganábamos, y perdíamos, y matábamos el tiempo. Eso era lo que más nos dolía: el tiempo. Nos dolía que fueran las nueve, o las diez, o las dos de la tarde, cuando debían ser las doce o la una o las cincuenta de la noche. Siempre nos estaba doliendo eso, que fuera tan temprano. Queríamos tener cuarenta, o sesenta o cien años, Virgencita, y estar muertos.

Hubo un tiempo en que no fue así. Entonces éramos Juanco en *primera base*; Frank Caballero en *tercera*; en *segunda*, Santiago; Juan Ramón, Rony y Marcelito en los *files*; Manet en el *siol*; y Ale, que era el *cácher*. Así gordo y sin careta era el *cácher* del equipo, y cerraba el *home* y no dejaba pasar a nadie, aunque lo picaran con los *spikes*. Entonces nos importaba jugar, nos importaba ganar, y éramos invencibles. Queríamos que la semana tuviera no más que cinco días, o tal vez cuatro como los puntos cardinales, o que siempre fuera domingo para enfrentarnos a los Ratones del Pedro Pena, que a veces no eran tan ratones nada y nos ganaban, o nos hacían pasar un buen susto; o sucedía que nos confiábamos demasiado y podían darnos una buena paliza, ganarnos un doble juego que ya era demasiado, y pasábamos a Juanco para *tercera*, y poníamos a Omar a *pichar*, que tenía buen control y nunca daba base por bolas... La vez que perdimos el doble juego, la tristeza nos duró una temporada, era una vergüenza que nos impedía mirarnos a los ojos, como un luto que nos hacía desgraciados, pero después cerramos bien la bola con el pecho, con los brazos, con las rodillas, y recuperamos aquella normalidad de vencedores que siempre nos acompañaba.

Ahora no teníamos equipo. La gente se había ido dispersando; unos nos quedamos allí en el pueblo, sin saber qué hacer con los días, con las horas que no pasaban como si el mundo se hubiera detenido; otros nos fuimos a estudiar, a graduarnos en cualquier mierda y nunca más jugar pelota; y al resto nos botaron de la Secundaria y nos citaron para el Servicio Militar.

Pero antes, un día, se aparecieron dos buldózer y arrancaron la *media luna*, la *segunda base*, el césped, removieron la tierra; y el terreno de juego fue llenándose de hoyos, de orificios, de materiales de construcción, de feos edificios de viviendas que iban rompiendo el aire por donde único había pasado la pelota, y los pájaros, y nuestras exclamaciones de alegría o de tristeza, según el momento del partido.

Y decidimos irnos a estudiar:

Técnicos en Contabilidad: llevaríamos la cuenta de todo, del Debe y del Haber, y de todo lo que debía haber y tenía que haber. Pero luego nos asustó la idea de ponernos viejos, y obesos y todo barrigones haciendo cálculos detrás de un escritorio; y calculamos que tenía que haber algo menos aburrido.

Técnicos de Refrigeración quizás podíamos ser. Y llegamos a Santa Clara donde quedaba la escuela, pero ya había empezado el curso y no nos quisieron admitir. El director era un tipo tieso y refrigerado que ni siquiera nos prestó la más mínima atención.

Y nos fuimos poniendo descreídos y desconfiados, con muchos problemas de disciplina, hasta que un día por fin nos expulsaron de la Secundaria. Allí estaba la mamá de Manet, la de Santiago, el papá de Pirolo, el de Frank Caballero, el de Rony, el tío de Ale el gordo, y alguno más que no me acuerdo. Todos muy tristes, avergonzados, casi arrepentidos de haber tenido hijos como nosotros. Faltábamos mucho. No atendíamos a clases. No nos importaban las asignaturas. No participábamos. Molestábamos a los demás, a los que sí tenían interés. Casos perdidos. Todo.

Y fuimos a parar allí, donde una vez hubo una Virgen.

Panchita tiene problemas

Se enderezó, se puso de pie con movimientos lentos, pero nerviosos. Esta vez era distinto, no era ilusión, imaginación de primeriza. Era nuevo este dolor, este impulso, este desprendimiento interior que le removía las entrañas, la vida: Melchor, Natalia, Alejandrina, corrieran. Ella lo presentía, la criatura era impaciente, intranquila, siempre se había movido demasiado, tenía prisa, deseos de nacer; y en aquella habitación no había ni donde caerse muerto, nada quedaba de los siete pesos, por mucho que los ahorró ya no tenía ni un centavo, ni un kilo prieto; y ahora qué iba a hacer, allí no había clínicas de maternidad, un pueblo tan grande y que no hubiera un lugarcito donde parir en paz, Virgen Santa; había que ir a Sancti Spiritus, o a Placetas, veinte o treinta kilómetros: Melchor hiciera algo, por favor, aquello dolía mucho, le apretaba el pecho, el corazón, los pulmones; no se pusiera nervioso, pero hiciera algo rápido, se moviera, no se quedara allí mirándola, por Dios; y Melchor: tranquila, Panchita, eso le pasaba a todas, siempre era así, no llorara, iba a ver qué podía hacer, algo encontraría, aguantara un poco, no se pusiera más nerviosa; y Melchor se puso el sombrero y llegó hasta la Piquera de Alquiler: somos pobres, Armando, pero buena paga, eso sí, usted sabe que somos buena paga, por su madre, llévela a Placetas, la semana que viene le pagamos, mire que tiene muchos dolores, no deje que vaya a parir tirada ahí en su casa, y vea, el marido está trabajando en Camagüey, el dinero no va a faltar, voy a pasarle un telegrama para que mande el dinero, pero ahora estamos pelados, don Armando, ni un pesito, Filiberto, ni un kilo, don Eustaquio, por favor, Bienvenido, haga algo, se lo vamos a agradecer, Dios aprieta, pero no ahoga, la garantía del pobre es su trabajo, haz bien y no mires a quién, al ojo del amo engorda el caballo, muchas gracias, Bienvenido, verá, quedaremos bien, no se va a arrepentir, sí, por aquí, doble a la derecha, en la próxima, Bienvenido, allí, en la casita verde, la que se está cayendo, pero este año, si Dios quiere, la arreglamos: ¡Panchita, Natalia, corrieran, aquí estaba la máquina! Y

Panchita recogió un bulto pequeño con dos pañales, y una toalla que había comprado en dos plazos, que todavía le faltaba un pago que hacer, y subió al carro con Natalia, que llevaba un peso treinta y cinco centavos protegidos con siete nudos en el fondo de un pañuelo: se apurara, por su madre, no podía aguantar; y Melchor y Aleja las despidieron: mucha suerte, se acordara, Panchita, de pujar bien duro, todo iba a salir bien, y de pedirle a Nuestro Señor, y cerraron las puertas, y de leer el ensalmo, y la máquina rechinó las gomas, y de encenderle una vela a la Virgen; y Melchor fue al correo a pasarle el telegrama a Paquito, que estaba a cientos de kilómetros con su hermano Ignacio, que no lo dejaba ni respirar en los cañaverales: *arriba Paquito, arriba Paquito, arriba Paquito,* y la caña iba engordando las pilas, limpia y jugosa, y ellos se derretían, sudando guarapo a más no poder, y el cañaveral era una masa vegetal que no tenía fin: Paco, corriera, Panchita estaba de parto, se apurara, cojones, debía estar al parir, volara, que ya debías ser papá; y Paquito soltó la mocha y leyó el telegrama: ese vejigo se había vuelto loco, antojarse de nacer antes de nacer, cómo iba a salir de este rollo; permiso patrón, Panchita estaba de parto, mirara el telegrama, necesitaba unos días, necesitaba apoyarla, necesitaba un adelanto, unos pesitos ahí; y el patrón se quitó el sombrero y se rascó la cabeza: caramba, Paquito, ¿no oía las noticias?, no había plata, el país era una ruina, un desastre; pero viera, patrón, con diez pesos él tenía, mirara que la madre tuvo problemas, complicaciones, el niño vino antes de tiempo, comprendiera, era su hijo, lo habían hecho como sin querer, templando encima del camastro como se hacen los niños, pero ya lo quería, desde que estaba en el vientre lo quería, patrón, se movía muchísimo, como si quisiera decir algún secreto desde allá adentro, y por eso no tenía un centavo, porque todo lo mandaba a la casa para que la mamá se alimentara bien, para que el niño naciera fuerte, bien dotado, con mucha energía y resistencia y pudiera cortar mucha caña el día de mañana..., gracias patrón, no hallaba cómo agradecerle, sabía que podía contar con él, y de paso..., ¿no tenía unos zapatos que le prestara, aunque fueran viejos?, mirara cómo andaba, era una pena entrar así a la clínica, que el niño fuera a ver a su padre, con los zapatos tan rotos el día de su nacimiento, ser padre era una cosa muy grande, ¿comprendía...? Y el papá se puso las botas y una muda de ropa de su hermano, que le quedaban chiquitas, y subió a un ómnibus Santiago-Habana, que devoraba la Carretera Central, y llegó a su casa sin sacudirse el polvo del camino: ¿ya parió...? Está pariendo, le dijeron, desde ayer está pariendo, y fletó una máquina que se adentró de nuevo en el paisaje, y llegó a la Clínica Obrera de Placetas cuando la criatura asomaba la cabeza, o más bien los ojos, porque era puro ojos: ay mi madre, dijo la mamá, había parido un fenómeno: doctor, doctor, parí un fenómeno; tranquila, mujer, nada de fenómeno; sí, doctor, mire, fíjese en los ojos, no le caben en la cara, doctor, en vez de un hijo, parí unos ojos, Virgen Santa; el niño no tenía problemas, Panchita, se calmara, solamente quería mirar, viera cómo miraba, cómo contemplaba el mundo, estaba un poco asombrado, eso era todo. Pero pasaron los días, le dieron el alta, y el niño seguía con aquel par de carambolas:

—Queremos bautizarlo, Padre, ¿usted cree que haya problemas?, lo digo porque está un poco raro, vea qué feito, puro ojos nada más, y mire qué débil, qué raquítico.

Todos nacíamos débiles, mamá, hasta los animales, las fieras, hasta los tigres nacían débiles, ese angelito...

—Sí, pero no hace más que gritar, día y noche gritando, yo creo que tiene algún problema, Padre, me va a volver loca.

No se preocupara, las lágrimas eran buenas para el corazón.

Y le echaron el agua bendita en el nombre del Padre y del Hijo, y el hijo cerró los ojos, y

21

del Espíritu Santo, y el espíritu escupió la sal y lloró su primer trago amargo, y se quedó con aquel recuerdo en la punta de la lengua. Y el papá regresó al Camagüey: este país era una mierda, Santo Cielo, se iban a morir. Y mandaba los siete pesos para que la mamá se alimentara bien: *querida Panchita: haorra el dinero, toma mucha leche de chiba y come maní y sagú, y mucha zopa de berdúras y de cabesas de pezcádo, no valla ha ser que te siga faltando la leche.* Y el niño iba creciendo con ojos y todo. Y un día la mamá se metió con él debajo de la cama y lo apretó contra su pecho, y se oyeron estampidos, y gritos, y zambombazos: los rebeldes, los barbudos, que tomaban el pueblo, los otros pueblos, las ciudades, Santa Clara, La Habana, el país, el mundo. Y el papá se enteró allá en Camagüey, con su hermano Ignacio que le trajo la noticia al cañaveral: *arriba Paquito, arriba Paquito, arriba Paquito;* y Paquito agarró la mocha y la hizo girar sobre su cabeza como una hélice, y luego la soltó, y la mocha se elevó como un planeador, buscando el cielo sobre las flores de los cañaverales.

—¿Estás loco, Paquito, estás loco?

No cortaba más caña, estaba harto de esta mierda.

Y volvió al pueblo, y se dejó crecer bien la barba, y se consiguió una gorra verde olivo, y un collar de santajuanas, y unos libros de Marx y Engels; y enderezaron la casa, y la pintaron, y más tarde la abandonaron para irse a otra más amplia y cómoda de una gente que se había ido para el Norte, con muchas habitaciones, y agua corriente y baño sanitario, y garaje y terraza, como iban a ser, Panchita, todas las casas de todos los proletarios de todos los países uníos en un tiempo que estaba ahí, al *cantío* de un gallo; y compraron una máquina de coser soviética, y Panchita se hizo costurera: ropa de hombre y de mujer, todo tipo de ropa, se forran botones, se forran libretas, se forran los forros; y poco tiempo después estaban en la tribuna, cuando inauguraron el hospital de maternidad, para que más nadie tuviera que ir tan lejos a parir: ¿viste Panchita, qué cosa más linda, qué habitaciones, cuántos equipos, camas nuevas, todo que brilla...?: te juro que hasta a mí me dan ganas de parir.

Los Ratones y Los Tigres

Por el camino ya íbamos pasando la bola, calentando el brazo, practicando, cogiéndole el peso
al bate de majagua para estar bien en forma y
no perder ni un solo minuto.

Queríamos llegar al terreno, y que el *umpire*
cantara el *play ball* y empezar a meter líneas por
todas las bandas y robarnos las Bases y sacar
unos cuantos *double play.*

Desde lejos vimos a algunos Ratones: Piro,
y Andrés, y Rigo y Renecito el Cojo, y Emerio y
Nelsito, y Roberto el enano, y Arielito el cabezón, que estaba *calentando* el brazo. Arielito lo
que tira para el *home* son chícharos, y cuando
viene descontrolado le puede dar un pelotazo a
cualquiera, pero no hay que acobardarse y pe-
garse bien a la *goma,* y hacerle un *swing* fuerte a

todo lo que se parezca *stray,* no vaya a ser que algún *umpire* medio ciego nos cante el *tercero* con alguna bola afuera. Supimos que sería un juego difícil porque era el juego final, el que iba a decidir el campeonato y determinar quiénes éramos tigres y quiénes ratones. Nosotros no éramos unos tigres agresivos, que nos gustara abusar ni ganar esos juegos de veinte carreras por una o dieciocho por cero. Nos gustaba el partido apretado, reñido, que se decidiera en el octavo o el noveno *ining* cuando llenamos las Bases y nos situamos en el cajón de bateo y la bola viene hacia nosotros y de pronto hay un instante en que se detiene, el tiempo justo para hacer el *swing,* para darle en la misma semilla y sentir ese relámpago, ese corrientazo fugaz que se trasmite de la madera a los brazos, de los brazos al pecho, al corazón: carajo, le dimos en el alma; y vemos la bola elevándose, elevándose, un *jonrón,* o por lo menos un *tubey,* que impulse tres o cuatro carreras para el *home,* y los Ratones se queden desanimados, sin energías para decir que es *foul* ni nada por el estilo porque el batazo picó a más de veinte metros de la raya, y se llevó en claro a Nelsito, el Jardinero Izquierdo, tanto que si por ejemplo, Salamanca estuviera allí narrando el partido por radio, no tuviera otro remedio que decir se va elevaaaando, se va elevaaaando, y adiós Lolita de mi vida, que es como nos gustan oír los *jonrones*...

El problema de nuestro equipo era que no tenía director, es decir, que tenía muchos directores. Todo el mundo jugábamos y todos éramos directores. Mandábamos a *tocar* la bola, a *batear* duro, *bateo y corrido*, *robo de base*, todo al mismo tiempo. Y producto de eso teníamos que sacar el *extra* para no perder algunos juegos importantes.

Por nosotros abrimos lanzando Juan Ramón, que en el primer *ining ponchamos* a dos Ratones y no nos batearon de *hit*.

Fuimos a la carga, y luego de dos *outs*, Pirolo metimos un *tubey*, y Ale el gordo sacamos una línea detrás de *primera base*, que picó en zona buena y se abrió hacia un lado, y anotamos la primera carrera del encuentro.

Hasta el quinto *ining* estuvo la cosa una por cero. Allí mismo los Ratones conectaron su primer *hit*, y Juan Ramón nos descontrolamos y empezamos a dar *bases por bolas*. Trajimos a Omar para lanzarle a Héctor el zurdo y sacamos bien los dos primeros *outs*, pero Andrés bajó un cepillazo por Tercera que parecía un trueno. Frank Caballero cerramos bien la bola que nos dio en el pecho y se fue hacia el *Siol*, pero Manet la recuperamos, y tiramos a Primera Base un poco bajito por el apuro y por la tensión del juego, y a Juanco se nos fue la bola entre las piernas. Y los Ratones anotaron una carrera, y dos carreras, y hombre en Segunda: Juanco eres un malo, una tiñosa, un cobarde, no cerraste la bola, embarcaste el juego. Podíamos expulsarlo allí mismo por vendido y por traidor, pero éramos nueve y no había más nadie en el Banco.

Omar sacó el tercer *out*, y seguimos lanzando un buen juego. Y llegamos así al noveno *ining*: Ratones 2; Tigres 1.

Juan Ramón abrimos con *toque de bola* y se embasó por error del Primera Base. Pirolo nos *ponchamos* con una bola afuera, y los Ratones se pusieron a dos *outs* de la victoria; pero Ale colocamos bien la bola entre Primera y Segunda. Santiago nos pusieron *out* en *flay* al Cácher, y tiró el bate con genio, y los Ratones, envalentonados, empezaron a burlarse: *batea pa'lante y no pa'atrás*; pero Rony le callamos la boca con un *flaicito* que *picó* detrás de Tercera. Bases llenas, dos *outs*, noveno *ining*, Frank Caballero saca un *roletazo* entre Tercera y *Siol* y se empata el juego en medio de la gritería, casi en el momento de recoger los guantes. Y vinimos Juanco a *batear*, que enseguida se puso en dos *stray* sin *bolas*. Las Bases seguían llenas, pero Arielito el cabezón estaba tirando unas *rectas de humo*. Dale Juanco, acábate de *ponchar*.

Embarcaste el juego.

Tiñosa.

Amarillo.

Papalote.

Eres un muerto.

Un *Out* vestido de pelotero.

Así decían algunos Ratones, que tiraron los guantes al suelo, y se quedaron a mano limpia en señal de superioridad.

No, Juanco, no les hagas caso.

Concéntrate.

Límpiate el *error*.

Mete una *línea*.

Saca el bate a tiempo.

Y vino el lanzamiento en la esquina de afuera, Juanco hizo *swing*, y *foul* la bola.

Pégate a *home*.

Sepárate un poco.

Abre bien los ojos.

Tú le das a *una* sola.

Coge el bate más corto.

Coge el bate más largo.

Pégate a *home*.

Sepárate un poco.

No le tires a la mala.

Corre duro para Primera.

Levanta más el bate.

Bájalo un poco.

Abre más las piernas.

Alza el codo.

Cuidado con la *curva*.

Cuidado con la *recta*.

Con la bola *afuera*.

Con la *lenta*.

Con la tenedor.

Arielito hizo los movimientos, se impulsó y... una bola pegada, bien pegada, Juanco se queda quieto, lo van a golpear, un bolazo duele como caballo, pero más duele que los Ratones nos ganen, así Juanco, no te muevas, eres una estatua, un monumento, una pintura en la pared, un muerto, la bola le pega en el brazo, en el codo, en la misma punta del dolor. Juanco caemos sentado en la tierra, lívido, azul, con los labios morados y los ojos en blanco, pero le damos masaje, ganamos el juego, lo arrastramos hasta *primera base*, y otra vez los Ratones *al campo*, discutiendo, recogiendo los guantes, amarillos que son, papalotes, cobardes.

Esa noche era el juego final del *play off* entre Las Villas y Pinar del Río. Las Villas es nuestro equipo favorito, es un equipo tigres como nosotros, que decide los juegos en el octavo o en el noveno *ining* y que tampoco le gusta apabullar a nadie, ni ganar con esos marcadores abultados. Nos bañamos, comimos, y fuimos a ver el juego a casa de Juanco. Porque si nosotros no vemos bien el partido, jugada por jugada, para darle aliento a Las Villas, puede ser que a Jova, que las coge todas, se le caiga un *flaicito*, o que le canten el tercer *stray* a Muñoz con una bola afuera o suceder cualquier desgracia impredecible. Juanco tenía un yeso en su mano izquierda, debido al pelotazo, pero estaba feliz porque había decidido el partido. Ahora le esperaban dos meses sin jugar pelota, sin pararse en el *home* ni hacer un *swing* al aire aunque sea, sin *robarse una Base* ni sacar un *double play*. Y allí mismo lo declaramos director del equipo para toda la vida, y ahora no se llamaba más Juanco, sino Servio Borges, y había que obedecerlo, y hacer todo lo que él dijera en el terreno de juego. Juanco es pálido y larguirucho, y tiene los ojos grises y un problema del corazón, los labios y las uñas azules, apenas puede correr porque se cansa enseguida, le falta el aire, las energías, la vida, y se va a morir cuando llegue al desarrollo, pero todavía le faltan como dos años.

Nos limpiamos bien los zapatos porque Umbelina tiene obsesión con la limpieza y se pasa la vida con la escoba y el trapeador vigilando cualquier churre, y nos acomodamos frente al televisor desde que estaba el Noticiero hablando de la ayuda de la Unión Soviética y de todas las fábricas que Fidel iba a inaugurar ese día.

Por fin pasaron al estadio. El Himno Nacional. Nosotros comiéndonos las uñas y las yemas de los dedos.

Éramos Juanco, Santiago, Rony, Ale el gordo y Umbelina, la mamá de Juanco, que no entendía nada de Pelota, pero que había encendido una vela a la Virgen del Cobre para que Las Villas ganara y Juanco no se pusiera más triste, y se le olvidara un poco que se iba a morir.

El estadio Latinoamericano en La Habana estaba que no le cabía un alma. Era un terreno neutral para que ninguno tuviera ventaja. Se veían cientos de letreros: Pinar del Río campeón, Las Villas campeón. Había uno de los villareños que decía: *Muñoz, Cheíto y Olivera se la botan a cualquiera;* y otro de los pinareños: *Pin pon fuera, Rogelio poncha a cualquiera.*

Bajamos el volumen del televisor al mínimo y pusimos a Radio Rebelde para escuchar la descripción de Salamanca cuando dijera: azúuucar abanicando, tres golpes de mocha y pa' la tonga. Para oírlo clarito cuando anunciara a Muñoz, el Gigante del Escambray. Muñoz era un guajirito de monte adentro, del mismísimo Escambray, que no sabía nada que se podía jugar pelota de noche. Y a batazo limpio se fue abriendo camino y ganándose al público que lo ovaciona cada vez que viene a batear. Y todos nosotros queremos ser como Muñoz. No éramos tipos grandes para ser Primera Base y estirarnos y coger los *tiros* afuera como hacía él, pero empezamos a batear a la zurda para que nuestros *jonrones* se parecieran cada vez más a los *jonrones* de Muñoz: se impulsa el *pícher*, ahí lanza, le tira y conecta un batazo largo por el Jardín Derecho, la bola se va elevaaando, se va elevaaando..., y adiós Lolita de mi vida: *jonrón* de Antonio Muñoz.

Todo eso queríamos, ver el batazo, oírlo, sentir ese júbilo en el corazón, pero Rogelio estaba intransitable y había *ponchado* como a diez. Pinar del Río ganaba por una carrera cuando Muñoz recibió boleto para Primera y Cheíto, que batea a la derecha, bien agachado y bien pegado al *home*, como cualquiera de Los Tigres, conectó el batazo decisivo, que se fue alejando, perdiéndose entre las luces de las torres, por el mismísimo Jardín Izquierdo. Empezamos a brincar, a dar saltos, a abrazarnos. Umbelina vino corriendo de la cocina: ¿qué pasó, qué pasó...?; y se dio cuenta que Cheíto es de los nuestros, como si fuera del equipo Los Tigres y empezó a brincar con nosotros y Arelia la vecina oyó la algarabía y pensó que Juanco se había muerto, pero al ver a Umbelina con aquel regocijo de vivir, de ser gente, de estar en el mundo, en Cuba, en Las Villas, en Cabaiguán, en el Reparto Obrero, en Masó 138, delante del televisor, mirando el televisor, dentro del televisor, en el estadio Latinoamericano, se sumó también a la alegría, y después vinieron Coro Carmona y Nena y Zeida y el marido y todo el barrio y dos perros, y la gente del televisor corrían por el terreno y por la casa como si fueran gnomos, o duendes de cartulina, saludando al público, a nosotros, al mundo, y la mata de almendras que nunca se había movido de su sitio entró a la sala llena de curiosidad, y Umbelina la miró encabronada porque iba dejando un reguero de turrones de tierra y de hojas amarillas y rojas sobre los mosaicos, pero nosotros prometimos limpiar todo, y éramos una sola cosa viva vibrando. Umbelina le dio gracias a la Virgen, a la televisión, a la Unión Soviética, a San Lázaro, y después llevamos la mata a su lugar y barrimos los turrones y las hojas del piso, y ya era noche estrellada, con la luna llena más brillante del mundo allá en el cielo.

Y otra vez volvimos a batear a la derecha, a ser derechos como Cheíto, a enfrentarnos a los Ratones, que todas las semanas hacían cambios en su alineación, y no hallaban un *pícher* que ponernos, a no ser Arielito el cabezón que siempre perdía en el noveno *ining*...

Éramos un hombre

Un día regresamos del terreno de pelota, luego de haber apabullado a los Ratones, cuando así de pronto nos íbamos para los Camilitos.

— ¿Quieres ir para los Camilitos?

— ¿Para los Camilitos…?

— Sí, para los Camilitos.

Los Camilitos era una escuela militar donde podíamos hacernos teniente o capitán o mayor, para decirle un día a la vieja que ya no tenía que seguir cosiendo tanta ropa, y ya nos veíamos por la calle, saliendo de Pase, con aquel traje de gala verde olivo y la gorra de plato con el Escudo al frente y la camisa mangas largas, y un cinto ancho de hebilla brillante con la figura de Camilo Cienfuegos.

Claro que sí, que queríamos ir para los Camilitos: Juanco, Santiago, Ale, Juan Ramón: nos vamos para los Camilitos.

Y papi nos acompañó hasta Santa Clara, y nos reconocieron en el Hospital Militar y nos pusieron dos inyecciones en la espalda y nos empastaron las muelas, y luego nos dieron la ropa y los zapatos y la gorra, y nos pelaron al cero y nos mandaron un tiempo a cortar marabú y a sembrar café a las montañas.

Era un lugar muy intrincado. Los albergues eran naves abiertas, de techo de guano y piso de tierra, por donde corría la lluvia durante los largos aguaceros de septiembre, y hacía frío, y teníamos que levantarnos de noche, y trabajar todo el día y bañarnos al aire libre, y enfermarnos y seguir trabajando porque allí podíamos practicar la Emulación Socialista; y los más destacados recibíamos un sello muy bonito de vanguardia del día o de la semana o del mes, hasta que por fin un día nos trajeron a la escuela.

No éramos ni Frank Caballero, ni Rony, ni Pirolo, ni Quiroga ni Amarante Reyes. Éramos el 13 y el 43 y el 57 y el 58 y el 90, y el sargento Antía, y el cabo Bernabé, y el teniente Capote. Había que hacerlo todo rápido, todo estaba medido como si viviéramos adentro de un reloj. Levantarse de un salto, de pieeee, disciplina militar, cinco minutos para el Aseo Personal, tender la cama, vestirse, y salir a formar.

—Permiso, sargento, para incorporarme.

—Incorpórese, tiene un reporte, 57, por Llegar Tarde a Formación.

—Pero, sargento…

—Tiene otro por Réplica.

—Es que, mire…

—Réplica Continuada.

—Sí, sargento.

—Compañía Atencioooón, derechaaaa, derec, de frenteeee, march, un/ dos/ tres/ cua/ troun/ dos/ tres/ cua/ troun/ dos/ tres/ cua, compañíaaaa: pelotón, alt.

Y marchando para las aulas, para los campos deportivos, para las clases de infantería, de tiro, para el comedor, para los albergues:

—Permiso sargento, nos robaron las medias, y el *overoll*, y el traje de gala, y la gorra, y el tubo de pasta.

Y el sargento se pone de pie de un salto, como un resorte, y sale para el albergue:

—De pie, Atencioooón, todos al lado de sus camas, los escaparates abiertos.

Aquello era una escuela militar y si había un ladrón tenía que aparecer, no se moviera nadie de sus puestos.

Pero no apareció el ladrón, ni la ropa, ni el tubo de pasta:

—Aquí tiene, 57, todo nuevo. Mire a ver si la próxima...

—Lo sentimos, sargento, los escaparates no tienen candados.

—El candado hay que llevarlo aquí, 57 —y se tocaba la cabeza—. Al ladrón lo atraparemos, ya verá usted, puede retirarse... Ah, y tiene un reporte por faltarle un botón.

—Pero sargento...

—Otro por Réplica.

—Sí, sargento.

Y cada reporte equivalía a dos o tres deméritos o hasta nueve o diez según fuera el reporte, y a los diez deméritos nos suspendían el Pase. Uno veía las guaguas que se llevaba a la gente, vestidos de gala, con la alegría de ver a la familia, a los amigos, de salir del sargento por dos días, mientras uno se quedaba allí como un huérfano, por hablar en formación, por llegar tarde, por Réplica, por Réplica Continuada. Los viernes que tocaba Pase, por la mañana, nos hacían la Corte, aula por aula:

—Alumno 57.

—Aquí.

—Acá.

Un dos, un dos, alt.

—Alumno 57 listo para responder las preguntas de la Corte.

—Póngase cómodo. 57, usted fue reportado el día 9 del corriente a las cero ochocientas por Llegada Tarde a Formación, ¿responsable o no responsable?

—Responsable.

—Tiene cuatro deméritos... Usted fue reportado el día 10 a las mil y quinientas por Uso Indebido del Uniforme, entre paréntesis camisa abierta, ¿responsable o no responsable?

—Responsable.

—Tiene tres deméritos.

Cuatro y tres siete, faltaban tres para tumbarnos el Pase, para quedarnos allí encerrados; el Pase es lo más importante, lo más grande que uno tiene en esta escuela, Virgencita, más que la comida, que la ropa, más que el agua.

—57, tiene otro reporte el día 12 del corriente a las dos mil y cuarenta por Terminología Inadecuada.

—No responsable.

—Nadie le ha preguntado si es o no responsable. Tiene un reporte por contestar sin haberle preguntado.

—Sí, sargento.

—Terminología Inadecuada, ¿responsable o...?

—No responsable.

—¿Qué tiene que alegar?

—No estamos de acuerdo, sargento, lo único que hicimos fue decirle a Rony…

—A Rony no, al compañero 43.

—Sí, sargento, al compañero 43, que se callara, que ya habían dado la voz de silencio.

—Cabo Bernabé.

—Aquí.

—Acá.

Un dos un dos, alt.

—Usted fue quién le puso el reporte, ¿qué tiene que alegar?

—Sí, sargento, esa noche yo iba entrando al albergue cuando oí que el alumno 57 le decía a su compañero: *cállete, asere, que por ahí viene el cabo Bernabé*, y como usted sabe, sargento, esa palabra de Asere es una terminología inadecuada en nuestras Fuerza Armadas.

—Muy bien, puede retirarse.

Un dos un dos.

—Alumno 57, es declarado responsable, tiene 4 deméritos y otro reporte más por Mentir en Corte, ¿responsable o no responsable?

—No responsable.

—Tiene otro reporte más por Insubordinación, ¿responsable o no responsable?

—No responsable.

—Otro por Falta de Respeto a un Superior, ¿responsable o no responsable?

—Responsable, sargento.

—Bien… En total son tres… y cuatro, siete…, once, dieciocho, veintinueve deméritos que van a su Expediente Acumulativo. Tiene suspendido el Pase, 57. Puede retirarse.

—Sí, sargento.

—Alumno 58.

—Aquí.

—Acá.

Un dos, un dos, alt.

Y reportes por esto y por aquello, por jugar de manos, por hablar, por reír, por llegar tarde, por coger mal la cuchara, por no cuidar la Propiedad y dejarse robar.

—¿Otra vez aquí?

—Sí, sargento, nos robaron la toalla.

—Pues mire a ver lo que inventa, no quiero saber más de otro asunto de robo.

—¿Qué vamos a hacer, sargento?

—No sé nada, ya le dije que invente.

—¿Qué cosa, sargento…?

—No sé, retírese. Tiene un reporte por No Cuidar la Propiedad.

—Pero sargento…

—Otro por Réplica

—Sí, sargento.

Y llegamos hasta el escaparate del compañero Pérez Pérez, pero nos detuvimos en el acto: el sargento sabe que nos falta la toalla y cuando Pérez Pérez vaya a denunciar que a él también le han robado la suya, el sargento mandará a formar, inspección, y verá la toalla en nuestro escaparate:

—Alumno 44, ¿es esta su toalla?

—Sí, sargento.

Y nos declararán ladrón y pagaremos por todos los robos y nos harán un juicio, y nos pararán delante de toda la escuela, y nos arrancarán las insignias, el escudo de la camisa y de la gorra, y nos expulsarán deshonrosamente: papi, mami, Juanco, Omar, Umbelina: nos expulsaron por ladrones… No, mejor nos secamos con un trapo, o con el aire, o seguimos mojados todo el día, toda la semana, seremos tipos resfriados, con catarros crónicos, incurables.

Pero la próxima vez no será igual: no, sargento, no nos han robado nada, más nada, estamos cuidando mejor la Propiedad, vea, hizo bien en ponernos aquel reporte. La próxima vez que nos roben, se forma la inventadera; basta ya de reportes por no cuidar la Propiedad, nos llamen en la Corte, alumno 57, aquí, acá, y nos tumben el Pase y nos quedemos prisioneros en esta cárcel tan enorme y tan fría.

Y la otra quincena nos robaron dos camisas y tres pares de medias que recuperamos, mediante una pequeña inventiva, y no recibimos más que dos reportes. Teníamos tantas ganas de ir al pueblo, de ver a los amigos, de ver aunque fuera a Juanco o a cualquiera de Los Tigres, a la familia, a mami, a papi: Papi, no vamos más para esa escuela, nos maltratan, nos humillan, no nos consideran, no nos oyen, no valemos nada, somos unos tornillos, unas tuercas, somos unos muñecos de papel, peor que si fuéramos de palo, peor que Pinocho.

Papi abrió mucho los ojos, ¿estábamos locos? De allí no nos iríamos, cómo iba a pasar esa vergüenza de tener hijos *rajados*.

Y lloramos toda la noche y todo el día siguiente. Y tío Ignacio y tía Aleja y prima Nila se compadecieron de nosotros: déjalo que venga para acá, pobrecito; pero mi padre no podía permitirlo, de ninguna manera, no era culpa suya, él estaba en la Revolución, y leía a Lenin, y a nuestro primer hermano le había puesto Pedri por San Pedro, pero al segundo le puso Vladimir Ilich, y recibía la revista Cuba Socialista, y Literatura Soviética, y quería ser Yuri Gagarin. Ya desde chiquitos nos llevaba a las marchas de apoyo, a las manifestaciones, miles y miles de gente desfilando y cantando por la calle Masó, todos parecidos a Fidel, con el mismo rostro de Fidel; nuestro padre era invencible como si fuera Fidel, y cruzábamos la calle Céspedes, y la calle Libertad, y nosotros dentro del tumulto, *marchando vamos hacia un Ideal sabiendo que hemos de triunfar, en aras de paz y prosperidad;* y tomábamos por la calle Valle, junto al parque La Palmita, y cruzábamos por El Gallito, por La Francia, por la Colonia Española, y no importaba que nos pisotearan porque nuestros padres eran muchos fideles con el paso largo cantando la Internacional, y ya no caminábamos, sino que íbamos montados en una canción, sobre una melodía que nos impulsaba, que recorría las calles con nosotros encima, repletos de energía; y llegábamos hasta el parque José Martí, donde estaba la concentración: *arriba los pobres del mundo, de pie los esclavos sin pan;* y enarbolando consignas: *Fidel, seguro, a los yankis dale duro,* o, *candela candela, la ORI es la candela, no le digan ORI, díganle candela, candela, candela…* Por eso no podía sacarnos de aquella escuela, pero seguimos llorando, y un día no pudo resistir más aquel dolor del hijo, qué cosa no hace un padre por su hijo, y fue a solicitarnos la Baja, nada importaba en su vida más que su hijo, la felicidad de su hijo, la alegría de su hijo, su hijo era su hijo; y lo quisimos como antes, más que antes, porque sabíamos que era muy duro para él tener un hijo *rajado,* ser padre debía ser algo tan grande, y ya habíamos recogido la ropa para entregarla, y nos habíamos vestido de civil, con una camisa a cuadros muy bonita:

—Permiso capitán. Yo soy el padre de mi hijo.

Y el padre le explicó todo al capitán que lo escuchó en silencio y le brindó café, y se fumaron un tabaco. Y luego se acercó bien a él como si estuviera diciéndole un secreto a una persona muy entrañable:

—¿Sabe lo que pasa, papá...? Esta es la mejor escuela del país. Estos niños son unos privilegiados, son los hijos ricos de un pueblo pobre. Buena comida, buenos dormitorios, buena educación, buen futuro: nada menos que Oficiales de nuestras Fuerzas Armadas, ¿usted me entiende...?

—Sí, capitán.

—Pero como comprenderá, compañero Paquito, la Revolución emplea muchos recursos en la formación de estos niños, y de aquí no puede salir nadie así por la libre, ¿comprende...?

—Sí, capitán.

—El que se vaya de esta escuela es como si fuera desertor, traidor a la patria, ¿sabe?, se queda con su Expediente manchado para toda la vida. De aquí como único se sale es expulsado deshonrosamente o por un accidente fatal, que pierdan un brazo o una pierna o un ojo, ¿me comprende?

—Sí, capitán.

—Pero si usted quiere...

—No, capitán.

Y el papá no le contó eso a nadie sino que se acercó bien a su hijo, y le puso la mano en la cabeza:

—Hijo, aguanta un tiempo a ver qué pasa. Ya tú eres un hombre.

Y el hijo tragamos en seco y pestañeamos rápido para que el padre no viera las lágrimas, porque así de pronto, tan chiquito, todavía sin pelos, ya éramos un hombre.

—Sí, papi, vete tranquilo.

Nos besó, nos dijo adiós muy lentamente. Y lo vimos alejarse, encorvado, con el paso muerto, como un fantasma a la luz del mediodía, con aquel andar de fideltriste, porque esta vez dejaba al hijo por detrás.

La escuela iba a sufrir

Salíamos del área de la escuela a respirar el aire puro, y luego entrábamos como buzos que se sumergen en las profundidades. Pero nuestra capacidad pulmonar disminuía, por lo que necesitábamos respirar más a menudo, salir a la superficie, a los campos, los ríos, la ciudad..., y nos levantaron las primeras actas, y las segundas y las terceras; y cada vez nos faltaba más el aire, sargento, viera, ya no nos han robado más nada, lo de ahora es el aire que se nos acaba, nos están robando el aire, nos ahogamos, sargento Antía, teniente Capote, capitán Rosabal.

El aire de la escuela se había vuelto rancio y viscoso. Cuando salíamos de Pase, la gente en la calle nos mostraba simpatía, nos imaginaban felices en una escuela ideal. Pobres gentes. Tan gentiles y tan equivocadas. Ya no soportábamos ni el traje de gala con su gorra de plato, ni la comida, ni los albergues, ni los enormes edificios. Todos los meses había algunos que se iban de Baja a pesar del expediente manchado. Entonces se organizaban turbas de alumnos que los perseguíamos arrojándole piedras por toda la escuela, y gritándole rajado, blandengue, traidor, pendejo; y los blandengues no hallaban dónde meterse, porque las turbas salíamos de todas partes. Nosotros vimos ese terror en los ojos de Julio Mantequilla. Ese día recorrió toda la escuela, los dormitorios, los edificios de lavandería, las aulas, los laboratorios. Lo hicimos correr por detrás de los campos de gimnasia, y por el campo de tiro, y Mantequilla caía al suelo, y se incorporaba y seguía, y los oficiales sonreían al ver cómo el patriotismo nos había calado tan profundo. Pero Mantequilla se fue de Baja, se esfumó. En el albergue y en el aula, se notaba el aire de su ausencia. Una mañana volvió a buscar los papeles para matricular la Secundaria. En pocos días Mantequilla había cambiado hasta de aspecto. Y los mismos que lo habíamos perseguido, ahora hablábamos con él: ¿cómo le había ido, qué le había pasado por desertar de la escuela...? ¿Cómo estaba la calle, la Secundaria, era verdad que ya tenía hasta una novia...? Y sentíamos envidia de él, de sus ropas civiles, de su pelo que ya le iba creciendo, de su libertad.

Un fin de semana el sargento le suspendió el Pase a toda la compañía y Fran Caballero, Rony y Pirolo fuimos a parar a una represa: Subimos a un bote, y remamos hasta unos cayos que tenía el embalse, enorme como un lago. Allí permanecimos dos días comiendo lo que podíamos hallar, que era bien poco, ciruelas verdes y guayabas cotorreras. Pero nos sentíamos tan felices sin disciplina ni tenientes, que habíamos decidido construir una cabaña y quedarnos allí para siempre, cuando los responsables del bote vinieron a buscarnos, nos devolvieron a la orilla y llamaron a la Policía. Tuvimos que escapar a través de los bosques de teca y eucaliptos. Entonces se nos ocurrió a Frank Caballero ir al Sandino a ver el juego entre Azucareros e Industriales, y llegamos al estadio oscureciendo, con una caña en la mano, que simbolizaba a nuestro equipo. Allí estaban Radio Rebelde y las cámaras de la televisión, y en la escuela nos habían reportado desaparecidos, seguramente ahogados, muertos, asesinados, y habían ordenado una movilización buscando nuestros cadáveres por los alrededores, por los ríos y por los cerros, cuando esa noche, en el momento en que Muñoz la desapareció por el jardín derecho, y el público se volvió como loco, y nosotros también, en ese momento la cámara que estaba haciendo un *pase* por el graderío, nos enfocó a los tres, agitando la caña, y el sargento Antía y los demás que seguían cada jugada por la televisión nos vieron allí disfrutando del partido. El sargento pegó un grito, y nos apuntó con su pistola.

Por poco le mete un tiro a la pantalla.

Eso decía todo el mundo al día siguiente, burlándose del sargento.

De modo que aquello sí que no se podía soportar. Y para dar el ejemplo a los demás, nos expulsaron por Mala Conducta. Nadie nos tiró una piedra. Los amigos nos abrazamos y nos llevamos papelitos de recuerdo, con la dirección de cada uno como si fuéramos a escribirnos muchas cartas, porque habíamos sido como hermanos, como hijos de un mismo tipo de orfandad.

Cuando habíamos caminado un buen pedazo volvimos la vista hacia la escuela. Parecía igualita, con sus edificios relucientes y su polígono y sus instalaciones, y hasta el sol detrás, rojizo, como la yema de un huevo, pero sabíamos que la escuela iba a sufrir. Pobre escuela. Qué sería de ella sin nosotros.

Habíamos llorado

Y otra vez éramos Pirolo, y Omar, y Juan Ramón, y Santiago, y Juanco, que ya estaba pasando el desarrollo y no se había muerto, y lo iban a operar allá en La Habana, a abrirle el pecho en dos tapas, a ponerle una vena, una válvula, una arteria, una aurícula y un ventrículo, pero valía la pena arriesgarse, valía la pena operarse, morirse, que seguir así, con los labios morados, azules, muriéndose un poco cada día, claro, Juanco, así era, no te lo habíamos dicho para que no te amargaras, adiós, cuídate, todo iba a salir bien.

La Habana es un misterio, una meta, un mundo impresionante de elevados edificios y anchas avenidas, y semáforos, y rutas de guaguas que recorren la ciudad, y túneles donde los carros cruzan bajo el agua. Es la puerta por donde llegan los adelantos y las modas. La gente de La Habana es muy distinta, más lista, más inteligente. Tenemos primos que alguna vez nos hacían la visita. Eran locuaces y expresivos, tan orgullosos de vivir en La Habana, que llamaban campo al resto del país. Ya desde la Primaria habían tenido montones de novias, muchas más que cualquiera de nosotros. Cambiaban de novias todas las semanas. Lo cambiaban todo, el modo de vestir, de caminar, de hablar: cambiaban las palabras. Decían: cappintero, Packe Mattí, aeropuetto.

Nadie les creía que fueran de La Habana hasta que le miraban el pelado, y las ropas, y los zapatos extravagantes, y luego les preguntaban por el Capitolio, y por El Morro y por la esquina de Tejas.

Ir a La Habana era un acontecimiento, la alegría de ver algo distinto, de conocer, de disfrutar.

Pero Juanco no iba a pasear, su viaje era distinto, la ciudad lo iba a marcar de otra manera. Fuimos hasta su casa a despedirlo. Llevaba una camisa de listas, mangas largas, y un pantalón negro muy bonito. Sonrió para darnos confianza, para darse confianza a sí mismo, como si solo se tratara de pararse en el cajón de bateo con el equipo perdiendo el partido decisivo. Umbelina estaba fuerte; su hermano Jorge, fuerte, nosotros fuertes, con fe, con ánimos, con ganas de llorar.

Y la operación fue buena, un éxito, una maravilla, un milagro de la Ciencia; pero de pronto vinieron complicaciones, hemorragias, y se puso grave, muy grave, Virgencita, que no se muera; y no podíamos imaginarlo en la funeraria, en el carro, en el cementerio, con los Tigres a su alrededor llorando al primer Tigre muerto; no podíamos imaginar el terreno de pelota sin Juanco en Primera Base; ni siquiera podíamos imaginarlo tendido en un salón de operaciones, entubado, con mangueras en la boca, en la nariz, en los oídos, con aparatos electrónicos como un extraterrestre, como un marciano, como un pedazo de carne, con cuatro focos alumbrando sus entrañas, porque lo habíamos visto salir caminando de su casa, no tenía que operarse nada, ni haber ido a La Habana, por lo menos aquí vivía, un poco mal, con el corazón cansado, pero con su cuerpo intacto, como había venido al mundo, total, qué más daba, el que no padecía de una cosa padecía de otra. Y allí estaba Secundino, el bodeguero del barrio, que ya le habían intervenido la bodega, y terminaría yéndose al Norte, prendido del teléfono, de la Pública del Correo, cómo está Juanco, cómo sigue, cómo come, cómo respira, que no se muera, coño, y Secundino, que era grande y gordo, y viejo ya, lloraba como una mujer, y nosotros llorábamos viendo llorar a un viejo grande y gordo, y como a las tres de la tarde Juanco se murió, y nos quedamos en silencio, sin mirarnos, con los ojos pegados a la pared del Correo; pero a las tres y cuarto de nuevo estaba vivo, guapea Juanco, guapea y no recojas cabos, tienes que vivir, coño, pero a las y media avisaron que venía su cadáver; y los Tigres le mandamos a hacer una corona de girasoles amarillos y hojas de laurel, que no decía como todas las coronas: *A Fulano, de su hermano,* ni *A Mengano, de su esposa,* sino solamente: *Juanco, Primera Base;* pero al día siguiente rompimos la corona porque Juanco trataba de vivir, guapea Juanco, guapea, no te mueras, no seas malagradecido, acuérdate de Los Tigres, acuérdate del equipo, tenemos dos pelotas nuevas y ya conseguimos una guantilla para Primera Base, y un bate de majagua, y una careta de verdad, acuérdate de Cheíto y de Muñoz, acuérdate de Huelga, de nosotros, de la mata de almendras, acuérdate de todo, esfuérzate, cojones, haz memoria, maricón, hijo de puta, nos cagamos en tu madre, en Umbelina, en toda tu familia, no seas mierda, coño, anoche le ganamos a los americanos, Marquetty la botó de jonrón, la desapareció, y hasta Fidel lo llamó por teléfono.

Y pasó aquel día, y luego otro, y otro, y Juanco empezó a mejorar. Y el periódico sacó su foto en primera plana. Otro logro de la Medicina Cubana, de la Revolución Cubana, que había llevado la Salud gratis a todos los rincones de la isla, porque en cualquier país capitalista aquella operación costaba no sé cuantos miles, y salió por Bohemia, por Granma, por Juventud Rebelde, por Radio Sancti Spiritus, por Radio Habana Cuba, por Radio Moscú y por Radio Francia Internacional, hasta que un día salió también del hospital, blanco de no coger sol, y con los labios y las uñas normales y con una herida que le atravesaba el pecho como la costura de una pelota, déjanos ver, déjanos tocarte la herida, Juanco, qué sentiste, ¿te dolió mucho?, ¿es verdad que te pusieron otro corazón?, eres un valiente, Juanco, un tipo cojonudo, Primera Base de Los Tigres, y él sonreía, era un cobarde, nada de guapo, había tenido mucho miedo, temblaba de miedo, nos dijo, y pensaba en nosotros, y lloraba por las noches, y le rezaba y le pedía a la Virgen. No importaba, Juanco, eras un valiente de todas formas, los Tigres también habíamos llorado.

Cambiar de cabeza

El primer lío en la Secundaria fue con Melibea, la profe de Español. Quién diablos habría inventado la literatura para darle el premio del aburrimiento con tanto enredo del Cid Campeador. Nosotros, para darle un poco de sentido a la clase, golpeábamos el piso con los pies, rítmicamente, como si fuera una caballería, como si viviéramos en la ciudad de Burgos, como si allí estuviera el Cid Campeador, que quería vengarse por el asunto de un león, que era lo único que no estaba. Aunque se podía ir al zoológico de Sancti Spiritus y traer un león viejo que hay allí, con esa mirada triste que tienen los leones en cautiverio. Debe ser muy lamentable para un rey vivir noche y día entre barrotes.

Nos llevaron a la Dirección, nos levantaron un acta para el Expediente, que es una de las pocas cosas que hacen bien los directores, fuera de copiar gráficos y decir que la promoción fue muy buena, excelente, superior al año anterior como tiene que ser siempre todos los años. A la próxima mandaba a buscar a nuestros padres, ¿entendíamos? Dijimos que sí con la cabeza, firmamos, asustados, de allí a ir presos no faltaba nada, una reunión con los padres y para el Reformatorio, para la prisión de menores, y después para la de mayores, a podrirnos tras las rejas como el león de Sancti Spiritus, por indisciplinados, incorregibles, malas cabezas. Nosotros somos unos tipos malas cabezas. Pero nadie nos preguntó nunca qué cabeza queríamos, ni siquiera sabemos quién nos puso éstas que tenemos. Si encontráramos algunas mejores, seguramente ya la hubiésemos cambiado. Tal vez un día exista algún mercado de cabezas para la gente como nosotros que no está conforme con la suya. A nosotros nos gusta una cabeza más tonta que la nuestra, que sirva únicamente para saber el nombre y la dirección, para firmar cuando nos levanten algún acta, y para estar de acuerdo siempre con lo que piensan las demás cabezas. Con una cabeza así seríamos campesinos, agricultores, trabajando la tierra sin preocuparnos jamás por un Cid Campeador que entraba a Burgos. No sabríamos que existe una ciudad que se llame Burgos, ni siquiera sabríamos que existe una ciudad. Trabajar, comer, dormir, y mirar de noche las estrellas. Y luego conseguir una novia y llenarla de hijos cabezas huecas, que crecerán campesinos, y se casarán a su vez con algunas muchachas de similares cabezas. Los matrimonios entre cabezas huecas y cabezas llenas no fructifican. Y pueden tener hijos de ambas cabezas diferentes que se maltratan entre sí porque nunca llegan a un acuerdo. O lo que todavía es peor: un hijo mitad buena cabeza y mitad cabeza hueca, que se cree inteligente cuando piensa su mitad cabeza buena y se celebra a sí mismo con el resto de su cabeza. Un hijo así puede llegar a cometer los más increíbles disparates.

Nos levantaron el acta y durante una semana nadie se metió más con Melibea; y el Cid Campeador campeaba por su respeto y entraba a Burgos y a La Habana y a Sancti Spiritus.

Pero entonces llegó Electroaguaje, un profesor que vino a darnos Educación Laboral, Electricidad, y Circuitos, y cuando tomaba la tiza entre el índice y el pulgar para poner la fecha hacía cincuenta movimientos de muñeca, y cuando terminaba de explicar y preguntaba si entendíamos, decíamos que no, porque era verdad que no entendíamos, y después de preguntarlo como cinco veces y oír que le decíamos que no, y tener que repetir lo que había dicho y decirle que no, y volver a repetir, parece que se cansó de preguntar, y nosotros levantamos la mano, todos al mismo tiempo.

¿Qué ocurría?

—Nada, profe, que no entendemos.

¿Qué parte no entendíamos?

—Nada, profe, no entendemos nada, ni siquiera entendemos que no entendemos, y a veces nos parece entender.

Y Electroaguaje explotó y los cabecillas fuimos a parar a la Dirección.

—¿Otra vez aquí…? —exclamó el director, que seguramente estaba dándole los últimos retoques a algún acta.

Otra vez allí, pero no éramos reincidentes. Podía preguntarle al que quisiera, a Melibea o al Cid Campeador. Esta vez era diferente, director, viera, se fijara, estábamos allí por no entender, por brutos no más.

Y ahora era él quién no entendía, como si de pronto fuera un cabeza hueca como nosotros. No entendíamos la clase y el director no entendía por qué no entendíamos, lo cual era bastante difícil de entender.

—Yo lo único que entiendo es que ustedes no quieren entender —dijo, como si entender fuera un acto voluntario.

—Uno entiende o no entiende porque sí y no porque uno quiera, director.

Y eso último tampoco quiso entenderlo. Y decidió levantarnos otra acta y mandar a buscar a nuestros padres. Nadie quiso preguntarnos si entendíamos esa decisión, pero juramos portarnos bien. El director redactó un juramento donde decía todo lo malvados que habíamos sido hasta ahora, y lo arrepentidos que estábamos, y firmamos y nos comprometimos, con lágrimas en los ojos, y nos fuimos olvidando del Cid, y de Melibea y Electroaguaje porque así de pronto nos fijamos que en el aula estaba Ella, un Sol, un resplandor que nunca habíamos visto como si de pronto el Sol hubiera entrado allí a calentarnos, a quemarnos, a encandilarnos de tal modo que estábamos todo el tiempo con los ojos cerrados, mirando a través de las pestañas. Nosotros somos unos tipos que no nos importan las novias. Habíamos tenido unas cuantas, pero no les hacíamos caso ni les prestábamos atención como debe ser uno con las mujeres para que luego no se imaginen que nos morimos por ellas. Lo de nosotros era salir con nosotros, vagabundear, ir a la cervecera y tomarnos unas cuantas jarras de cerveza fría, espumosa, y luego ir al Gallito y echarnos unos tragos de ron, o de menta, o de anís o crema café, o un pomo de alcohol de noventa grados que venden en la farmacia. Un día descubrieron que la gente se estaba bebiendo el alcohol de noventa que venía para inyectar a los enfermos, o curar las heridas y empezaron a mezclarlo con rojo aseptil y con timerosal pensando que así nadie lo iba a tomar, y cogíamos una borrachera roja y aseptílica que nos daba por cantar hasta las tres de la mañana, sin que tuviéramos ningún motivo para hacerlo.

En fin, que nunca nos importaron las novias hasta que vimos a Ella, al Sol, o más bien la Luna, lo único que era una luna brillosa, del color de la miel de abejas, Virgencita. Al principio solo se trataba de su pelo recogido con una hebilla y un pedazo de la nuca donde apoyábamos los ojos como un astrónomo que vislumbra un nuevo astro, hasta que un día giró la cabeza y vimos una parte de su cara con la cual imaginamos la cara oculta de la luna, y regresamos a la casa temblando y nos paramos ante el viejo espejo de la familia, y el espejo habló: no éramos tan feos nada, ni tan desgraciados, en realidad podíamos pelarnos un poco, y afeitarnos aquella sombra que teníamos donde debía salir el bigote, y cepillarnos los dientes, y llegarnos al dentista y empastarnos todas las caries y hacernos una profilaxis y una limpieza, y enjabonarnos bien, y estregarnos, y peinarnos, y buscáramos la forma de conseguir un pantalón nuevo, y una camisa, y unos zapatos y entonces podía decirse que éramos tipos bien parecidos, que podíamos llegar a la escuela, y hablarle, y resistir aquella cosa que tenían sus ojos.

—Pero no podemos hablarle, señor Espejo.

—¿Por qué no...?

—No sé, se nos traba una cosa aquí, en la garganta, ¿a usted nunca le ha pasado eso?

—No, nunca, qué cosas se le ocurren, pero esté tranquilo. Eso siempre pasa las primeras veces. Confíe en usted. Sea valiente.

—También hay otro problema...

—¿Cuál problema...?

—Vea, somos bastante orejones, y el pelo no se nos amolda, y tenemos los dientes un poco botados. Algunas veces nos da pena reírnos mucho...

—Eso no es problema. Todos tenemos algún defecto, hasta yo. Los defectos son cosas que nos identifican, que nos hacen diferentes. Váyase tranquilo, y ríase todo lo que quiera. La risa es un buen remedio para el corazón.

—Es que..., existe otra dificultad, señor Espejo.

—¿Otra más...?

—Sí... Yo creo que vamos a tener líos con las muchachas.

—¿Con las muchachas...?

—Sí.

—¿Por qué razón?

—Porque quizás no le... Bueno, el asunto es que no nos crece.

—¿Qué cosa?

—Eso...

—¿El qué...?

—La pinga, Espejo, mire para que vea.

—Está bien así, ¿qué es lo que quiere? ¿No le crece cuando se empina?

—¿Cuando qué...?

—¿Cuando... se pone erecta?

—¿Cuando se para? Claro. Quiere que me la pare.

—No, no, no hace falta.

—Cuando se para nos crece un poco, pero todos los días la miramos y está igual. No la vemos crecer.

—No se preocupe. Mastúrbese diariamente, y váyase por ahí por los campos, y relaciónese con los animales, chivas, puercas, carneras (dicen que las carneras son muy buenas), y verá cómo le...; perdón, qué cosas estoy hablando, por Dios, usted no tiene que pensar en eso ahora, vaya a ver a su chica y olvídese del sexo, cabrón muchacho, lo que usted está sintiendo es otra cosa más importante y más grandiosa y más bella. ¡Carajo, ni usted mismo sabe qué le pasa!

—Sí, señor Espejo, muchas gracias.

Y nos acercamos a Ella. Y un día en el receso le preguntamos qué hacía la luna por acá, tan llena y tan menguante, y la luna sonrió. Y al día siguiente empezamos a darle vueltas como si ella, la luna, tuviera a su vez otro satélite. Éramos eso: satélite de la luna. Y la invitamos a formar un eclipse total de todos los astros a la vez porque empezó a dolernos la idea de perder la luna, y quedarnos vacíos en el espacio sideral, sin menguantes ni crecientes como estábamos antes, y volver a ser indisciplinados. Ya no faltábamos a la escuela, ni molestábamos a los profesores ni hablábamos con nadie, solamente mirar a la luna, que tenía dos lagos profundos, del color de las avellanas, redondos como nueces, brillosos como espejos: queremos hablar contigo, avellana estupenda, pedazo central del universo, somos cabeza hueca, pero fíjate bien, que tenemos bueno el corazón, y que tú eres como la luz, como el sentido de un soplo divino que puede llenar nuestra cabeza. Por ti somos capaces de estudiar, de aprender, de soñar, de fumarnos tres cajas de cigarros, tomarnos dos botella de ron, y hasta un pomo de alcohol 90 sin siquiera pestañear. Solamente nos hace falta una palabra, una sílaba, dos letras, una consonante y una vocal. Pronuncia esa mágica palabra y el mundo también será diferente, y ella lo pensó un día y dos y tres, hasta que por fin abrió los labios y dijo la palabra que estremeció a la escuela, a los árboles, al espacio sideral, al universo, como si todo estuviera naciendo de sus labios. Y empezamos a estudiar, a salir bien en las pruebas, a cambiar de cabeza, a saludar a los viejos, a las personas mayores, a dar el asiento a las viejitas en todas las guaguas del país, a hacernos pajas, a templar chivas, puercas y carneras, y cerramos el trimestre con buenas notas: felicidades, dijo el director, yo sabía que iban a cambiar, nuestro sistema educacional es de los mejores del mundo, nos sentimos orgullosos de ustedes porque para nosotros no hay nada más importante que un niño, ustedes son el futuro de la patria, el futuro del país, el futuro del futuro...; y creíamos que sí, que era verdad, que todo era verdad, que se podía creer en palabras de directores.

Ser verdadero

Todos teníamos que ir a la Escuela al Campo, a sembrar tabaco o frijoles por 45 días, porque si no estabas frito, y no pasabas de grado, y te manchaban el Expediente. Había que trabajar durante el día, pero de noche andábamos como Cides Campeadores antes de entrar a Burgos, dándonos buenos chapuzones, sin importarnos si el agua estaba fría o el río crecido o si tenía remolinos y madres de agua y todas esas cosas que tienen los buenos ríos.

Desde el campamento se veían los campos roturados, listos para recibir las posturas de tabaco. Hacía fresco y brisa suave, y un vacío silencio de soledad de ser humano. Le llamaban el campamento como si estuviéramos en alguna guerra. Aquí todo está relacionado con la guerra. Un día vamos a ir a la guerra, a triunfar o

morir, y así nos vamos preparando: Los mache-
teros, que cortan la caña para los ingenios, se
agrupan en brigadas: Brigada Revolución de
Octubre; los que operan las máquinas cortado-
ras, en pelotones: Pelotón de Combinadas XX
Aniversario; Batallón Tal y Batallón Mascual; y
los albergues son campamentos. Existen
además Batallas por la Eficiencia, por la Pro-
ductividad, Batallas por el Sexto Grado. Cam-
pañas Cafetaleras. Contiendas Azucareras.

Éramos la Brigada Siete, de turbineros, que
cambiábamos los tubos cada una hora y luego
descansábamos hasta que la tierra quedaba
húmeda, bien empapada, con las posturas de
tabaco buscando la luz del sol agradecidas, y
volvíamos a cambiar los tubos, y entre un cambio y otro nos daba tiempo a caminar, a buscar
guayabas, a darnos un chapuzón, o a ir al campamento de las muchachitas que era donde latía
el corazón de aquellos campos porque allí estaba Ella, que siempre nos brindaba refrescos, y
dulces y galletitas, y besos rosados repletos de
calorías.

Fuimos a los potreros de la granja, a conseguir un buen caballo. Nos armamos de cintos y
de cuerdas, y a la semana exacta ya teníamos en
qué montar. Los atamos cerca del campamento,
a la orilla de un arroyo para que pudieran beber
agua, y le llevábamos hierba para verlos comer

de nuestras manos. Algunas noches pasábamos bien cerca del campamento de las muchachitas de manera que ellas sintieran el tropel, y supieran que íbamos por ahí, como almas que se lleva el diablo. Porque nada hacíamos con Ella si no teníamos caballo, si no podíamos salir a la noche oscura, y desaparecer, y luego volver de madrugada, con el sereno del trayecto en los pulmones, y que las muchachitas supieran de una vez y se fijaran y se dieran cuenta por sí mismas, de lo que éramos capaces, aparte de amarlas toda la vida. Y cuando nos dolía la cabeza, nos tocábamos la frente para que Ella se alarmara, para verla así preocupada, con ese rostro a punto de llorar, y nos trajera aspirina, y jugo de naranja, y preguntara si hemos mejorado, cada minuto preguntando, Ella necesita saber, necesita que estemos mejor, que estemos aptos, y nos acaricia, nos pasa la mano por el pelo, y sentimos que nos quiere, que no puede vivir sin nosotros, y ya no resistimos verla así, tan preocupada, nos preocupa eso, que siga preocupada, y estamos mejor, mucho mejor, gracias, gracias a Ella, y nos despedimos, y nos ocultamos y volvemos a nuestro caballo, al campamento, buscando los recovecos, los senderos más ocultos, que nadie nos vea, que los profesores no nos vean así de héroe y sientan envidia, y quieran expulsarnos, seamos un bandolero, un bandido robador de caballos, un delincuente.

Dormíamos sobre literas de hierro o de madera, con sacos de yute como fondo, cuyo olor especial iba a ser para nosotros el mismo aunque pasaran los años: olor a yute: olor de Escuela al Campo:

Qué le dijo el chivo a la rana.

Y qué le dijo una nalga a la otra.

Y qué le dijo la barriga al espinazo.

Y Fidel a Raúl…

Y cuál es el animal que esto y el animal que aquello.

Y el colmo de tal y tal.

Y se sube el telón y se baja el telón.

—Cállense de una vez que no dejan dormir.

—A callar a tus gallinas.

—Fulano: Bemba de cloche.

—Y tú…, Tibor de cedro.

—Son las dos de la mañana.

—Mañana es domingo.

—Te meto el pingo.

—Méteselo a tu madre.

—Rony, ponme una piedra con tu hermana.

—Con tu madre.

—La tuya que es mi comadre.

—Voy a llamar al director.

—Cállate, imbañable.

—Perico imbañable, peste a pata.

—Silencio, caballeros.

—Hay que dormir.

—Váyanse para afuera a joder.

—Hay mucho frío.

—Pues cállense.

—A callar a tus gallinas.

—Me cago en la mierda.

Salimos afuera, contentos, felices, a cantar bajo las estrellas alguna canción que dijera algo como sin ti no puedo vivir, bésame mucho, necesito tu amor, en fin, que hablara de Ella, de muchachas bonitas, de tristezas, de amores verdaderos. Éramos eso: verdaderos. Fue una época muy corta en que fuimos verdaderos. Ser verdadero es un sentimiento, una noción, algo que está en el aire o dentro de uno, pero que al mismo tiempo no se puede captar. Solo al cabo del tiempo, cuando empezamos a ser falsos ocurrió el descubrimiento.

Una noche fuimos a comer naranjas. Cerca del campamento había un naranjal, cuyos frutos, radiantes, nos enviaban sus brillos, sus señales, mensajes cifrados que decían tómame, desvísteme, chúpame, disfruta mi acidez, embarra tu cuerpo de mi jugo para irme en ti, y luego arroja mis restos al camino. Pero nos levantaron un acta, escrita con tinta china en un papel de primera: a las tantas horas del día tal fuimos sorprendidos robando frutos menores (grupo de los cítricos), aprovechando las sombras de la noche para cometer tal fechoría contra la propiedad del pueblo, perjudicando a niños y ancianos para los cuales estaba destinado ese producto...

Así que estábamos fritos, y nos dieron deseos de ver a Ella. Cuando pasamos mucho tiempo sin mirarla, la sangre se nos comienza a helar, a poner densa, a dejarnos como sin fuerzas, a punto de un infarto. solo el calor de sus ojos, de sus manos, de su cuerpo nos devuelve el flujo sanguíneo y nos revive. Hacía como diez horas que no la veíamos, que no nos miraba, que no nos brindaba un refresco. Y nos fuimos sin permiso, medio moribundos, arrastrando los pies hasta el campamento de las muchachitas. Eso es tan fatal como ir a la iglesia, o traicionar la patria. Faltó poco para que mandaran a buscar a nuestros padres. Lo peor de todo fue el horario: llegamos a las tres de la madrugada, y silbamos bajito, y ellas salieron en silencio, y nos fuimos las parejas para una Casa de Tabaco a quitarnos aquel frío helado que hacían las noches interminables. Nos citaron a una reunión secreta porque aquello de acostarnos con las muchachitas en la Casa de Tabaco sí era grave, gravísimo, y si ellos querían podíamos ser llevados a la policía, a un juicio, a una granja, la cárcel y hasta el pelotón de fusilamiento, pero íbamos a dejar las cosas así, en secreto, en el más absoluto secreto, nos fijáramos bien, debido al gran aprecio que ya le tenían a nuestros padres, que vivían avergonzados de nuestro irracional comportamiento, y nos fuimos tranquilos, y prometimos y firmamos, estábamos de acuerdo, todo quedaba en secreto, puras tumbas, no iba a volver a suceder.

Pero después nos sorprendieron con los caballos en pleno terraplén y nos expulsaron del campamento. Esa vez no se acordaron del aprecio a nuestros padres.

Atrás quedó el tabaco y la turbina y los tubos y el campamento de las muchachitas, que era como irse y dejar el corazón.

Fuimos a ver a Tormenta, ya por última vez. Jamás comería en nuestras manos la hierba que dobla y que mastica sin dejar de mover la cabeza, diciendo que sí con la cabeza, que le gusta la hierba, que está rica, sí, exquisita, sí, y mira, Tormenta, es duro, pero tenemos que separarnos, sí, fuiste un gran socio, sí, pero ya no tendrás que esperarnos, no, que llevarnos, no, que transportarnos, no, fuimos amigos, buenos amigos, sí, y puede ser que no volvamos a vernos, no, a pesar de que te hicimos, sí, casi que te inventamos, sí, un día te escogimos, sí, tenías la crin larga y brillante, sí, sabíamos que te acostumbrarías a nosotros, sí, a reconocernos, sí, a dejarte acariciar, sí, a esperarnos, sí, pero ahora te quedarás en tu potrero, en tu soledad, sí, en tu vida sin dueño, sí, y ya no volverás a llamarte Tormenta, no, nunca más...

Después la gente volvió al pueblo y volvimos al aula, y allí estaba Ella, y volvimos a sentir el Sol que seguía calentándonos; pero no duramos una semana sin que nos expulsaran definitivamente. Frank Caballero tuvo suerte que a su papá le habían tomado mucho "aprecio", y lo volvieron a matricular, pero a nosotros, de padres obreros pobres diablos cabezas huecas que somos, no nos pudieron resolver.

Pero íbamos a ser más libres sin Melibeas, ni Electroaguajes, ni directores, ni actas, sin tener que levantarnos temprano, ni forrar las libretas ni sacarle punta al lápiz. Y el mundo entero era nuestro como una ilusión de libertad.

Eso fue al principio. Al cabo de los días no sabíamos qué hacer con tanto frío. Íbamos a la Secundaria a ver si veíamos a Ella, si podía calentarnos aunque fuera por un rincón del receso. No sabíamos que nos hiciera tanta falta.

Pero Ella también se fue apagando. Su luz necesitaba de nosotros para poder calentar, y ya no estábamos allí para alumbrarla. Sus ojos muertos y opacos ya no podían mirarnos con aquel calor que ponía a hervir la sangre.

Nos salimos de sus ojos como el que se cura de una larga enfermedad o se enferma para siempre de otra enfermedad incurable.

Tampoco entraríamos jamás a un aula, ni a una escuela.

Algo nos estaba transformando en otra cosa diferente.

Ya no éramos verdaderos.

Y nos fuimos allí, donde una vez hubo una Virgen.

Era un lugar privilegiado, en la unión de la Avenida Libertad y la Carretera Central, junto a un parque infantil donde alguna vez giramos en el tío vivo, nos deslizamos por los toboganes y montamos cachumbambé. A un lado estaba la vieja gasolinera, con sus bombas de gasolina y de diesel, su tienda de piezas de repuestos y su local para lavar los carros, y al frente, la pizzería Milanesa donde podíamos disfrutar pizzas de queso y espaguetis a la napolitana, y alguna vez también conseguir unas cervezas, y un poco más acá el Taller de Refrigeración. Del otro lado la Carretera Central se abría en el Paseo, con sus dos hileras de álamos firmes como centinelas de guardia. También por allí estaba el Hotel Sevilla y el Perla, y más allá la calle Valle, con su iglesia y su Colonia Española, y su cine y su parque José Martí, también con álamos frondosos y con siete palmas reales, correspondiente a las siete

Islas Canarias. Esta zona quedaba más o menos así:

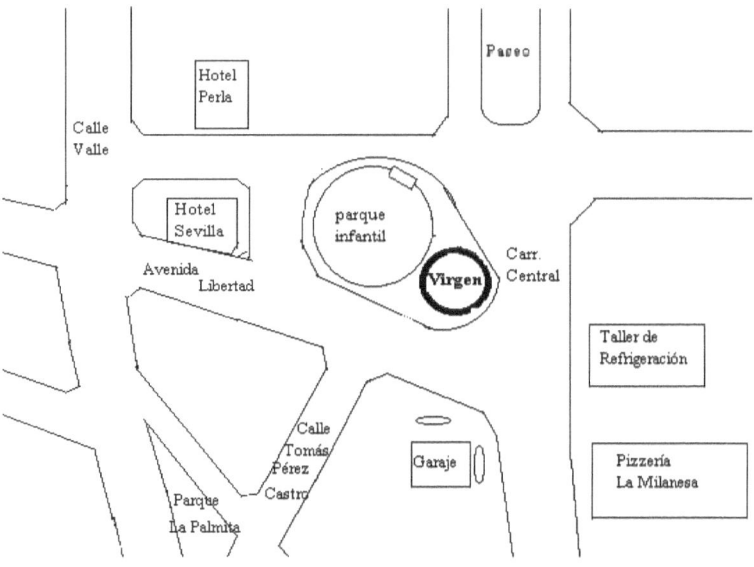

Luego, al sur, el Ferrocarril Central, que fue lo primero que llegó al pueblo, antes que los isleños de Canarias, y por donde se construyeron las primeras viviendas con tabloncillo de pino tea y con horcones torneados de jiquí, que venían por mar del Canadá. Alrededor de todo eso estaban el Barrio Obrero, y el Jobo, y el Rastro y el Pelayo Cuervo, y el Reparto Canarias, cuyas calles tenían el nombre de las siete Islas y más allá los campos, el país, defectuoso y exce-

sivo, bastante largo por un lado pero demasiado estrecho por el otro, rodeado de agua como
un enorme castillo medieval sin puentes levadizos, y finalmente los mares adyacentes y las tierras más próximas a Cuba.

DOS

Parecíamos eternos

Un domingo, Santiago hablamos de una muchacha, y vio que era bueno. Al día siguiente dijo que la iba a enamorar. El martes dijimos que eran novios. El miércoles que se la iba a *llevar*, y separó la ropa buena de la mala, y la echó en un maletín, y también vio que era bueno. El jueves nos la llevamos de Luna de Miel. El viernes regresaron de marido y mujer; y el séptimo día vio que todo era bueno y descansó y vino a la Virgen: ya era un tipo responsable, con familia, ya Santiago no era Santiago, era una familia, comprendiéramos, tenía que esforzarse, trabajar, buscar el sustento. Y nos sentimos como esos huérfanos que de pronto pierden a un hermano. Su casa tenía un cuarto pequeño en el patio, y allí se fue a vivir la familia. Santiago le había puesto un letrero con pintura roja: Villa Maribel, en honor a su muchacha, que tenía el pelo rizado, y rubio, y lo había arrancado del grupo, lo había raptado, lo tenía en el bolsillo, pero no podíamos hacer nada, porque aquel cuartico miserable era como el paraíso, y porque ella tenía luz en sus ojos, y se veía que lo quería, así cabeza hueca y todo; y empezó a ser una más entre nosotros. A veces dejábamos la Virgen para ir a su cuarto, con una botella de vino seco o con un pomo de alcohol de noventa grados o cualquier bebida que sirviera de pretexto para estar juntos unas horas. Terminábamos cantando canciones de Nino Bravo o de Camilo Sesto o José Feliciano, o diciendo poemas de una mujer que un día iba a pasar por nuestras vidas sin saber que pasaba.

Santiago se fue a trabajar para una brigada de construcción. Y después Manet, Marcelito, todos. A las seis de la mañana subíamos al camión que nos llevaba a la obra, a echarle cemento y arena y hormigón a la concretera, o subir el concreto en carretillas para ir fundiendo los techos.

La primera quincena sacamos la cuenta de las cosas que podíamos comprar. Alguien medio comemierda dijimos que el primer sueldo era bonito dárselo a la madre, completo, sin comprar ni un refresco, ni una botella de ron, ni una jarrita de cerveza.

Cuando vimos que no existía más nada, repetición tras repetición, día tras día, nos fuimos obstinando de la construcción.

Ya no soportábamos los jefes.

Ni el cemento.

Ni el camión.

Nos pagaban muy poco.

No nos duraba dos días.

No alcanzaba para nada.

Caso perdido.

Todo.

Empezamos a faltar: una vez al mes, dos veces al mes, una vez por semana, primera reunión con nosotros, a las tres ausencias nos daban Baja Automática, qué nos creíamos, dos veces por semana, segunda reunión, si faltábamos de nuevo nos mandarían al Ministerio del Trabajo, a la policía, tres veces por semana, nos aplicarían la Ley de la Vagancia, la Ley de Fuga, la de Newton, la Ley de los Cambios Cuantitativos a Cualitativos, y de ahí seis meses para los arrozales del sur del Jíbaro, Virgencita, a podrirnos en las arroceras, y pedimos la baja, y nos fuimos antes que hicieran la tercera reunión.

Únicamente nos quedamos Santiago, que tenía mujer, y que muy pronto iba a ser padre.

Y otra vez nos embullamos a ir a las fiestas, al Club, a la Colonia Española, donde el grupo Alma Joven tocaba canciones del ayer reciente, de grupos bíblicos como Los Diablos, Los Ángeles o Barrabás y volvimos a bailar y a enamorar a las muchachas; aunque seguíamos con los mismos planes de vivir sin hacer planes y con el mismo futuro de no pensar en el futuro.

Los sábados a las siete de la noche estábamos bien peinados, los zapatos brillosos, unos con tres pesos, o con cuatro, o con cinco o seis pesos en el bolsillo. A veces comprábamos una o dos botellas de vino seco, y le echábamos azúcar y limón, y un poco de alcohol de noventa, rojo de rojo aseptil o amarillo de timerosal, y nos íbamos para la casa de Marcelito, que vivía con su abuela Pita Repita, frente a la Secundaria, a pocas cuadras de la Colonia Española.

Pita era de la orden Rosacruz, y tenía unos libros interesantes del destino y de las reencarnaciones y según el día y el mes en que habíamos nacido nos adivinaba lo que éramos cada uno de nosotros, los órganos que nos dolían, o que estaban a punto de fallarnos, y lo que íbamos a ser en el futuro y en la próxima vida, las actas que nos iban a levantar, y todos los sinsabores y alegrías que nos deparaba el destino.

Nos tomábamos el vino seco según explicaba el libro, escuchando canciones de muchachas, y llegábamos a la fiesta con las orejas calientes y los rostros brillosos. El grupo Alma Joven era una cosa divina. Juan hacía vibrar la guitarra prima con un pomito en su mano izquierda que corría por las cuerdas: *Oh, my Woman, oh, my girl.* Y bailábamos una pieza y dos y una tanda completa y conseguíamos alguna amiga que apenas nos duraba unos días porque no nos interesaba (después que uno ha tenido al Sol, de qué nos sirve el resto de los astros), y las dejábamos embarcadas para ir a la cervecera o ver a Maribel que le iba creciendo la barriga y pronto íbamos a tener el primer hijo.

De modo que había que hacer algo para darle sentido a nuestras vidas, para romper aquel inmovilismo, y se nos ocurrió voltear el tronco gigantesco de un algarrobo, que como un mausoleo a la pasividad, estaba tirado allí, frente al aserrío desde que La Habana era de tabla, y donde los viejos se sentaban a tomar el sol en las frías mañanas de diciembre. Fuimos dos o tres, pero apenas pudimos ni moverlo. Tuvimos que volver a la Colonia y juntar a diez o doce valientes para darle la vuelta a aquel portento, que estaba podrido por debajo, debido a la humedad; y miles de insectos se aprovecharon y, libres al fin, salieron en todas direcciones, luego de permanecer allí desde la eternidad, soportando aquel peso brutal, sin que nadie hiciera algo por ellos.

Pero en nada cambió la situación. El Sol secó la podredumbre y los viejos volvieron a sentarse. El madero se puso liso y brillante por arriba, y empezó a podrirse por debajo, y volvieron los insectos.

Por aquella época empezaron las vacaciones de verano y la playa y los carnavales.

Durante el día conseguíamos algún trabajo como cavar los cimientos de una casa, o cualquier tipo de ajuste con los campesinos, y luego nos íbamos para Fomento o para Placetas o Sancti Spiritus. Reuníamos el dinero, separábamos lo necesario para el pasaje de regreso: *el pasaje sí que no, el pasaje es intocable,* y cuando no nos quedaba ni un centavo, ni un kilo prieto, nos bebíamos el pasaje; cada buche de cerveza equivalía a unos cuantos kilómetros de regreso. Así que al final ya nos habíamos tomado casi toda la Carretera Central o la vía férrea. Llegábamos al pueblo al día siguiente, con ojeras negras debajo de los ojos, pero con buen ánimo para volver a la fiesta por la noche.

Con cinco pesos le dábamos la vuelta al paraíso, y bebíamos y bailábamos y parecíamos
eternos. Pero ese año nos llegó la citación para
el Servicio Militar,
    tres años para el *verde*,
    pelados al rape,
    sin dinero,
    sin Pase,
    sin novias,
    sin carnavales,
    todo.

¿Qué oficio le pondremos?

La máquina de coser estaba falta de grasa, y cantaba su melodía monótona, y se detenía, y volvía a cantar, y cuando se callaba de una vez empezaban las tijeras riqui riqui riqui: buenas, qué tal ¿estaba Panchita?, sí, cómo no, entrara, Periquita, cómo seguía de salud, ya le iba a entallar el vestido, se sentara en la sala, esperara un momento que otra vez el niño se le había perdido, niiiño, niiiño, niiiño, debajo de la cama, niiiño, dentro de los escaparates, niiiño, en el armario, niiiño, gateando el niño por toda la casa, por el patio, sobre dos pies, caminando, corriendo, junto a la mata de mangos, en la mata de mangos, encima de la mata de mangos, niiiño, se bajara de ahí, se iba a matar, la iba a matar del corazón, la iba a volver loca, Virgen Santa, saliera de la ventana que estaba lloviendo, no se mojara, por Dios, iba a coger un catarro, lo iban a llevar al médico, a inyectar, a ponerle un suero; pero al niño le gustaba el agua corriendo calle abajo, y el olor a tierra húmeda, y poner la mano abierta al cielo para que las gotas del tejado le cayeran en la palma de la mano, quería atrapar la lluvia, apresarla, cogerla, pero siempre se le iba entre los dedos, igual que el rayo de luz que entraba por la ventana del cuarto, alumbrando el polvillo como una raya en el aire, pero que tampoco se podía atrapar, solo mirarlo como si fuera el adorno de una mesita: *mire, pero no toque,* así le decían siempre, mire, pero no toque; pero el niño tocaba con los ojos, miraba el día y lo tocaba y era tibio, y la noche fría, y el cielo lejano, y las estrellas, la luna, y caminaba hacia un lado y para allá iba la luna, y se detenía, y allí estaba ella mirándolo, y caminaba hacia cualquier lugar, y la luna lo seguía, lo acompañaba, iba siempre con la luna, niiiño, no mirara más el cielo, ya era tarde, hora de dormir, entrara de una vez, mañana había que trabajar, que darle a la máquina, que no tenía grasa, que chirriaba: niño, dónde estás, responde, Rayo Malo, por Dios, ponte a jugar con tus primas: Nila, Minda, Isa, Magaly, jugaran con el niño a ver si ella descansaba, la barriga la tenía al volar, Pedri llorando, y Vladimir Ilich que no acaba de nacer:

Dónde va la cojita, que mirunflí que mirunflá.

El niño no jugaba con las hembras.

A la rueda rueda de pan y canela, dame un besito y vete pa' la escuela.

El niño no jugaba con las hembras.

Una tarde de verano, una tarde de verano, me sacaron de paseo, me sacaron de paseo, y al doblar por una esquina, y al doblar...

El niño no jugaba con las hembras.

Ambo sea todo, matandilen dilen dilen; ambo sea todo, matandilen dilen don. Qué oficio le pondremos, matandilen dilen dilen; qué oficio le pondremos, matandilen dilen dilen don.

—Le pondremos costurero, matandilen dilen dilen. Le pondremos costurero, matandilen dilen don.

Y el niño negó con la cabeza, no le gustaban nada las tijeras riqui riqui, ni la máquina de coser que chirriaba el día entero.

—Ese oficio no le agrada, matandilen dilen dilen. Ese oficio no le agrada, matandilen dilen don.

—Le pondremos carpintero, matandilen dilen dilen. Le pondremos carpintero, matandilen dilen don.

De eso nada. Tampoco iba a andar de carpintero.

—Ese oficio no le agrada, matandilen dilen dilen. Ese oficio no le agrada, matandilen dilen don.

—Le pondremos dentista, matandilen dilen dilen. Le pondremos dentista, matandilen dilen dilen don.

Menos que menos. El dentista lo sentó en un asiento donde el niño se perdía de lo grande que era: abriera la boquita, y el niño pensó que iban a darle un caramelo o una raspadura, o algo dulce bien rico, pero era una jeringuilla grandísima y lo pincharon duro, y lo inyectaron y gritó y pateó y la cara se le puso como un globo, y aquel señor era tan feo que tenía un alicate que se abría y cerraba como la boca de un animal, y se lo metió entre los dientes y escupió la sangre el niño, y de ninguna manera.

—Ese oficio no le agrada, matandilen dilen dilen. Ese oficio no le agrada, matandilen dilen don.

—Le pondremos bodeguero.

—Ese oficio no le agrada.

—Panadero.

—No le agrada.

—Constructor.

—No.

—Barbero.

—Vendedor.

—Enfermero.

—No.

—No.

—No.

Es que no le gustaba nada, ningún oficio. Acabara de una vez, qué se creía, payaso.

Eso sí, Mantandilen, eso mismo quería ser el niño.

—Le pondremos payasito, matandilen dilen dilen. Le pondremos payasito, matandilen dilen don.

Y por fin la madre, que ya estaba desesperada, le encontró un buen oficio y pudo recuperar a su hijo, y entallarle el vestido a Periquita.

—Aquí tiene usted su hijo, matandilen dilen dilen. Aquí tiene usted su hijo, matandilen dilen don.

Te quedamos la memoria

Estábamos en la Villa Maribel, hablando del Servicio Militar, de la vida, de que pronto íbamos a ser unos viejitos, y un día también nos íbamos a morir, en fin, de toda esa mierda de borrachos, cuando de pronto llegó la mamá de Ale el gordo, el cácher de Los Tigres, que ahora estaba en el Servicio allá en La Habana: Santiago, Maribel corran, miren lo que acaba de llegar. Y abrió un sobre blanco y grande y extrajo una carta bien hecha con muchos cuños y firmas. Las manos le temblaban y apenas podía sostenerla. Santiago se la arrebatamos y empezó a leer…, era increíble, así de pronto Ale estaba en Moscú y no en La Habana, había sido seleccionado para estudiar en la Unión Soviética, para pasar una escuela importante gracias a su buena conducta, a la actitud ejemplar que había mantenido durante su estancia en las FAR, en la

primera trinchera de la defensa, y felicitaban a
Sobeida, su mamá, por haber parido un hijo tan
destacado. Y Sobeida tenía los ojos húmedos de
la emoción y nosotros nos habíamos quedado
patitiesos, porque así de buenas a primeras Ale
estaba en la Unión Soviética, en la Plaza Roja,
mirando a Lenin, que era el sueño de todos nosotros, Ale era una gente valerosa, siempre lo
fue desde que era el *cácher* del equipo y cerraba
el *home* para que los Ratones no anotaran ni una
carrera. Y ahora estaba nada menos que en
Moscú, con un gorro y un sobretodo rusos,
hablando ruso, comiendo ruso, como si fuera
un ruso. Siempre nos extrañaron algunas cosas,
como por ejemplo que no hubiera venido a
despedirse de su madre ni de nosotros ni de la
gente de su pueblo, seguramente había sido un
viaje repentino, el curso ya iba a empezar, se
apurara, hiciera las maletas, no había chance de
nada; y la otra cosa era que Ale no tenía tan
buen grado escolar como para estudiar alguna
especialidad complicada, a lo mejor se trataba
de un curso sencillo, de dos o tres años, algún
asunto de cohetes o de defensa antiaérea o de
aviones, o de infantería, Ale estaba en una Unidad de infantería, de frente, march, columna izquierda, march. Seguramente venía de teniente,
o de capitán Ale, capitán Alejandro Fernández,
aquí, acá, y no podíamos acostumbrarnos a la

idea de Ale capitán, con los grados dorados en la charretera, déjanos ver los grados, Ale, préstanos la camisa, la gorra, para llegar a la casa de capitán, ¿cómo es un capitán, Ale? O a lo mejor venía engreído y ya no podíamos decirle Ale, sino capitán Alejandro, permiso para retirarnos, para no verte, para no hablarte, eres un empachado, se te subieron los grados a la cabeza, ya no eres el cácher de Los Tigres; pero no, sabíamos que Ale no iba a cambiar, que vendría igualito, un poco blanco del frío moscovita y rosado de comer jamón y pollo y manzanas, y sopas rusas, y té. Y brindamos por él, por la suerte que había tenido, por no ser un cabeza hueca como nosotros, y abrazamos a Sobeida, cuando tengas la dirección nos avisas para escribirle una carta, querido Ale: te extrañamos mucho, sobre todo cuando echamos algún juego de pelota o cuando tomamos vino seco con los amigos, estamos locos porque llegues para hacer una fiesta en grande, cuéntanos cosas de allá, cómo la estás pasando, cómo te trata el invierno, si es verdad que hace mucho frío, cómo es la nieve, escríbenos, acuérdate de nosotros, mándanos un regalo, una matriuska, un peluche, una lata de carne rusa.

Pero después de aquel día hubo un silencio muy largo. Sobeida compró un puerquito de cuarenta días de nacido para celebrar la vuelta de Alejandro. Diariamente la veíamos ir a los corrales, a la salida del pueblo, con una lata llena de restos de comida para que el animal se alimentara y creciera lo más rápido posible como si eso apresurara el regreso de su hijo. Jugamos pelota, fuimos a las fiestas, crecimos algunos centímetros, y no se recibían señales de Ale: Sobeida, ¿ha llegado algo?; no, todavía nada, hijo, no sé qué le pasará, por qué no escribe, voy a tener que matar el puerquito; no se preocupe, Sobeida, las cartas demoran, se tardan, se extravían, son muchos kilómetros. Y el periódico *Granma* hablaba de la guerra, de una invasión de Zaire y de Sudáfrica, del imperialismo que estaba detrás de aquella guerra, de que por el pueblo angolano estábamos dispuestos a sacrificarnos, a luchar, a dar la vida, nuestra propia sangre; y de pronto Ale no había estado jamás en la URRS, estudiando ningún curso, ni comiendo manzanas, ni haciéndose capitán Alejandro, aquí, acá, sino en Luanda, bajo las bombas y las balas, Virgencita. A Sobeida le subió la presión, y el colesterol y el azúcar en la sangre, y la ingresaron y le dieron el alta y la ingresaron, y bajó de peso y se puso seca, consumida como una pasita, Ale era hijo único, unigénito, y no era lo mismo Moscú que Angola, ni la guerra que el frío: ay mi hijo, por qué te fuiste a pelear. Sobeida había perdido a su esposo en la

Revolución, con Ale todavía de brazos, y cada 30 de julio venían a buscarla en una guagua para darle un paseo y un ramo de flores y el reconocimiento como viuda de un mártir, gloria eterna a los mártires, y su esposo se fue poniendo amarillento en aquel retrato con flores de la sala. Y Sobeida tenía miedo, un miedo renovado, un miedo nuevo encima de otros miedos, y pasaron los meses, y llegaron las primeras noticias de muertos en combate, de nuevos mártires, de nuevos llamamientos para ayudar a Angola, no te mueras, Ale, diles que no te maten, no te mueras aunque la patria te contemple orgullosa, la patria vive en nuestros corazones, Ale, pero si nos matan, y nos entierran, se nos desintegra el corazón y la patria no va a tener donde vivir; y los de Zaire retrocedieron, y los sudafricanos retrocedieron, pero la gente no volvía, porque ahora la guerra era contra los mismos angolanos, contra los que no estaban de acuerdo con el gobierno, con el Socialismo, y Ale no volvía, y Sobeida en el Psiquiátrico: diazepam, benadrilina, clorpromacina, fenobarbital, amobarbital, frenolón, metilfenidato, decedrina compuesta, la medicina gratis. Calma, Sobeida, él va a volver, los Tigres siempre vuelven, estamos seguros, no te enfermes más, no te pongas grave, no te mueras, Sobeida, mira que ni así puede venir al entierro. Acuérdate de

Martín, que se le murió la mamá y le avisaron a los dos meses, cálmate, ten fe y confía en Dios, es decir, en Fidel, en la Revolución.

Y aquel Tigre volvió un día, después de mucho tiempo, con ojeras negras debajo de los ojos, interpretando el papel de Ale el Flaco, pero vivito y coleando, con ese brillo en la mirada que traen los héroes que regresan, y Los Tigres contentos porque estaba de nuevo entre nosotros, y estaba el puerquito y el ron, y la cerveza fría, pero no pudimos hacer ninguna fiesta porque Sobeida era la que ya no estaba: lo sentimos Ale, no somos nada, es la vida, no llores, no te aflijas, todavía te quedan muchas cosas, te quedamos nosotros, la memoria.

Dile a Vladimir Ilich que no deje la Secundaria

Nos citaron para el Reconocimiento Médico y nos llevaron a un policlínico allá en Sancti Spiritus. Había algunos que eran anormales, sordomudos o ciegos, que venían con sus padres, que los viraban para atrás sin reconocerlos: No Aptos. Suerte que tenían algunos de ser contrahechos, asmáticos, o cojos como Renecito. Pero la mayoría estábamos allí, revisándonos el cuerpo, con esa cara que ponen los condenados. Unos pocos hacían chistes, pero nadie se reía. Nadie tenía ganas de reír. La risa está en el ambiente y no en las palabras. Y el ambiente no estaba para risas. Más de doscientos soldados, gente como nosotros, que había dejado la Secundaria, o los habían botado, desnudos en pelota, pasando por los diferentes departamentos, de un especialista a otro: ojos bien, pulmones bien, garganta bien, sangre bien, genitales bien, no hay problemas, a todos se nos para, abra la boca, cierre los ojos, saque la lengua, respire profundo. Todo bien, afirmaban, firmaban, ponían los cuños. Luego, la entrevista: qué significaba para nosotros el Servicio Militar. Significaba tres años perdidos, los mejores años de la juventud, pelados al rape, sin dinero, sin libertad, sin derechos, sin amigos, sin novias, sin familias; es decir que sí, que significaba un honor, el más grande honor que pudiera tener un ciudadano, lástima que solo fueran tres años, capitán, y no diez o doce o cincuenta para estar en la primera trinchera cuando llegue el enemigo, que lleva tantos tiempo amenazándonos, haciendo que vayamos al Servicio Militar, que hagamos guardias, maniobras, preparaciones combativas, haciendo que vengamos a este Reconocimiento, a esta entrevista, a escribir que nos gusta el Servicio Militar, que queremos hacer guardias, maniobras para si alguien un día se atreve a pisar nuestro suelo… Tres años es poco para un honor tan grande, capitán. Claro, claro que podemos jurar por cinco años, o por veinticinco, eso es lo que queremos; perdón, capitán, es que no nos gusta jurar, nosotros no tenemos por quien jurar, y no nos gusta jurar en vano. Las palabras no pueden expresar lo que yo quisiera y no vale la pena… Las palabras son una mierda, capitán, un sonido que no abarca todo esto que sentimos, es algo raro, complicado, como si lleváramos la patria en la cabeza, o mejor en el pecho, en la garganta: bien, ojos: bien, oídos: bien, genitales: bien. Una doctora jovencita, de ojos verdes y pelo largo y brilloso, le toca a uno los genitales, se los pesa, se los manosea, buscando alguna vena rebelde, algún errorcito con sus tibios dedos, de terciopelo, de algas. Hay que dominarse, aguantar, vea, somos equilibrados, no se nos para; y si se te para, pobre de ti, porque te dan un toque con un palito en el glande, y el dolor te llega a la vida, y el sexo se encoge y retrocede y se arruga como un gusano de seda, eres un podrío, un pajizo, un celebrista, fresco, atrevido; disculpe capitán; Falta de Respeto; perdí el control, no pude evitarlo; déme su nombre y dirección ahora mismo, y espere afuera. Y te pueden sancionar, te pueden juzgar, te pueden meter preso, o si no mandar a un lugar difícil, a una Unidad de Combate por lo menos, sin Pases ni visitas para que aprendas a comportarte, a dominarte, a respetar las doctoras… ¿De la religión…? Bueno, lo que nos enseñaron en la escuela, que Dios no existe, que es un invento de los explotadores para tener a la gente sometida, para que acepten su condición tranquilamente y no se rebe-

len, vea, nos cagamos en Dios, no hay problemas, lo que queremos es que nos lleven de una
vez, salir de esto lo antes posible, es decir, llegar
lo antes posible a la Unidad, y ser soldado de la
patria, y que la patria nos contemple orgullosa...

Estuvimos otro tiempo más en la calle, con
una especie de libertad prestada, hasta que nos
llegó la citación, la definitiva, aquella que si uno
no iba y se presentaba, sería procesado por la
Ley, enjuiciado, sancionado, y que decía, pre-
sentarse el día nueve del presente en el Comité
Militar, sito en calle Libertad sin número, *LIS-
TO PARA PARTIR hacia la Unidad Militar que se
le destine*, porque era un asunto del destino caer
en La Habana, o en Matanzas o en Oriente, o
caer de cocinero, o de mecanógrafo o de chofer
de un capitán, o en una Unidad Militar de
Combate, preparación combativa todo el año:
de pie, correr dos kilómetros, ejercicios matuti-
nos, tiro, infantería, maniobras, inspección,
Guardia Vieja. No te preocupes, mi vieja, no me
va a pasar nada, enseguida que llegue te paso
un telegrama, estoy en tal lugar, en tal dirección; ahora no, porque no sabíamos para dónde
quería el destino que nos fuéramos. Ni siquiera
teníamos el libro de los Rosacruces para saber a
qué atenernos. En la próxima encarnación tal
vez vengamos de jefe, o de buena cabeza, o de

animal; tal vez sea bueno venir de perro vaga-
bundo para no tener que ver con nada y orinar-
nos en los postes de la luz.

A las nueve de la mañana abandonamos el
pueblo, todavía vestidos de civil, con la muda
de ropa más triste y más vieja, porque esa ropa
nos la quitaban y hasta los tres años, cuando
cumpliéramos nuestro *más grande honor*, era que
nos la devolvían, como si la ropa también tuviera que pasar tres años encerrada por triste y por
vieja. Nos llevaron a Sancti Spiritus donde esperaban varios cientos de soldados. Pero ese día
no hubo movimiento. Llegó la noche y dormimos debajo de los árboles, sobre la hierba
húmeda, para entrar más en contacto con la patria y prepararnos para el futuro.

Al día siguiente nos iban llamando por
nombres para ir subiendo a los camiones. Fulano de Tal, aquí; Mengano de Tal, aquí; Siclanejo, ¿dónde estaba Siclanejo?, aquí; acá. Nadie
sabía para dónde iban los camiones, ni siquiera
los propios choferes, y escribimos una carta de
despedida a la vieja, por si pasábamos por Cabaiguán: favor quien encuentre esta carta entregarla a Panchita, la costurera, de su hijo que
pasó por aquí rumbo al Servicio Militar: vieja,
estamos bien, excelente, vamos para La Habana
o para la Conchinchina, no llores, vieja, no te
aflijas, sabremos cuidarnos, portarnos bien,

obedecer, de frente, march, a retaguardia, march, para atrás ni pa' coger impulso, el Servicio es una escuela, la mejor escuela, de aquí salimos hombres hechos y derechos, y estarás feliz y orgullosa de nos, dile a Pedri y a Vladimir Ilich que no dejen la Secundaria, que estudien mucho para que no los boten, o que se partan un pie o un brazo, o que se vuelvan locos o sordomudos para que no los agarre el Servicio Militar, ni el Reconocimiento Médico, ni la entrevista, ni les peguen con un palito en el glande.

No sé por qué piensas tú

La Unidad estaba allí, en pleno monte. Las barracas de los soldados alineadas a un costado, el dormitorio de los Oficiales al otro, luego los dos comedores, el de nosotros, pobre, sucio, con la grasa del día anterior pegada a las bandejas de aluminio; y el de los Oficiales, con manteles, platos y personal de servicio, soldados del propio Servicio, que no se vestían de verde olivo, sino de ropa blanca para atender a los Oficiales: buenas noches, aquí está el menú, qué desea comer, tenemos tal plato y tal fuente, y tal sugerencia; para que disfrutaran felices, la comida diferente, con carne, con postre, mejor cocinada que les daban a ellos, bien condimentada con ajo y cebolla y ají y puré de tomates, y les hiciera una buena digestión. Todos estábamos allí para defender la patria, pero los Oficiales la defendían de otra manera. Había muchas maneras de defender la patria, de quererla. *(Se quiere a la patria de muchas maneras)*. Más allá quedaba el Polígono y los campos deportivos, y el Campo de Tiro, y luego la cerca alrededor de todo, con diez alambres de púas, y garitas, y guardias cada cincuenta metros.

Dormimos sobre las colchonetas, todavía sin sábanas. Al día siguiente no habían llegado aún los uniformes, pero empezaron a distribuirnos:

Quiénes éramos choferes, barberos, mecanógrafos, quiénes éramos de la Juventud Comunista, levantáramos la mano, un paso al frente. ¿Qué creíamos del cuerpo de Boinas Rojas? Los Boinas Rojas andamos en la calle, con un jeep cuatro puertas, y con gasolina a nuestra disposición; podemos dar vueltas por la ciudad, ir al Coppelia, ver una muchacha, invitarla, pasearla en el jeep; o si no darnos una escapadita hasta la casa: mira vieja, qué bien estamos, manejando un jeep, haciéndonos hombre, ¿no te lo dijimos…, que no te preocuparas?, prepáranos algo de comer, algo rico, pero rápido porque tenemos que irnos, cumplir órdenes. Todo eso mientras los demás nos podrimos aquí encerrados, sin podernos ni fugar porque nos vigilamos unos a otros, para que no nos echen la culpa por dejar escapar a un soldado del Servicio por la posta y nos declaren cómplice y culpable y nos manden para el Batallón Disciplinario.

Hacían falta Boinas Rojas, gente grande y fuerte, valientes, decididos, que tuvieran disposición y aptitud para capturar a los soldados que se fuguen, para buscarlos a sus casas:

—¿Aquí vive Fulano de Tal?

Sí, pero estaba enfermo.

—Lo siento, tiene que acompañarnos.

No podía, estaba con fiebre, con temblores, con calenturas, con dolor de cabeza, con varicela, con rubéola.

—Lo siento, señora, esto es una orden, las órdenes se cumplen y no se discuten, con permiso...

Ay no, por Dios, no se lo llevaran, no se llevaran a su hijo, no le pusieran las esposas, miraran que estaba enfermo.

—No se preocupe, allá hay enfermería y médicos y medicina gratis, señora, comprenda, nadie lo manda a fugarse, el Reglamento es así, hasta luego, buenas noches.

O si no capturarlos antes que lleguen a sus casas, pararlos en la calle, pedirles el Pase; ¡ah, no tiene Pase...!, monte el jeep, dígame dónde queda su Unidad, está detenido, preso, y si protesta usar la autoridad, neutralizarlo, inmovilizarlo, aplicarle una llave turca, retorcerle el brazo, el pescuezo, partirle la vida.

Lo sentíamos, teniente, no queríamos ser Boinas Rojas, no nos gusta ese color, mejor así gorras verde olivo, cabezas verde olivo, Aguacates Siete Pesos.

Luego nos pusieron una vacuna en el brazo y dos en la espalda, debajo de las paletas, y nos fueron dando el uniforme según la talla de cada uno; la treinta y dos, teniente; aquí tiene la cuarenta; la treinta y seis; aquí tiene la veintiocho, resolviéramos nosotros, aquello no era una exhibición de modas, y cállese, elemento, usted no usa la treinta, usted usa la talla que la Revolución necesite; sí, mi teniente, cualquiera nos sirve, total, todos los aguacates son iguales.

—¿Cómo dijo...?

—Los aguacates, teniente, son iguales, somos Aguacates Siete Pesos.

—¿Oyó, sargento?, lléveme a ese aguacate para el calabozo, hasta que esté maduro, o hasta que yo me acuerde.

Y el calabozo era oscuro, y frío como la nevera de un hospital, con una pequeña ventana allá en lo alto, por donde a veces se colaba un rayito de luz, y había algo como una venda que nos apretaba el pecho, y el aguacate estábamos casi podrido cuando el teniente un día recuperó la memoria:

—¿Cómo está el aguacate?

—Maduro, mi teniente.

Y abrió la reja y nos soltó.

Y esa noche nos pusieron de guardia en la Posta Cinco, en medio de una arboleda muy oscura, para si algún enemigo se atrevía a penetrar por esa zona. Le diéramos el Alto una vez y cuando se detuviera, con las manos en la nuca, lo revisáramos bien no fuera a traer un arma oculta, y acto seguido lo condujéramos a la Unidad para interrogarlo y descubrir bien todo el complot y desmantelar la banda; pero si no se detenía, le diéramos el Alto por segunda vez, y si continuaba, le diéramos otra vez el Alto, y si no obedecía entonces, disparáramos al *objetivo*, pero había que dar en el *blanco*: No se podían malgastar las municiones, ¿estaba claro? Por cada bala que faltara, tenía que aparecer un *objetivo*, si no queríamos ir otra vez al calabozo.

Y a eso de las dos de la madrugada sentimos un ruido de pasos a nuestra izquierda. Enseguida rastrillamos el arma, pero no se veía nada. Seguramente habían escuchado el sonido del AK. Al poco rato volvimos a escuchar el ruido, esa vez más cercano, y vimos un bulto que se ocultaba entre los matojos. Alto, dijimos. Nadie respondió, al contrario, el bulto siguió como si nada. Alto, volvimos a gritar, arriba las manos o eres hombre muerto. Entonces vimos claramente cómo se pegaba a la tierra y hacía un movimiento para sacar un arma. Le apuntamos bien, al borde y centro inferior, como nos habían enseñado, pero el *objetivo* siguió acercándose, como una sombra de muerte a través de los bejucos. Alto, gritamos por última vez. Y no tuvimos más remedio que vaciarle el peine con todas las balas. El objetivo cayó al suelo estrepitosamente, sin proferir ni un queji-do, y casi al momento vimos un foco que venía de las barracas: Alto, gritamos al foco.

—Soy el teniente —dijo el foco, que llegó con varios soldados que habían oído el tiroteo.

—Allí está el objetivo, teniente, le partimos la vida.

Nos acercamos con mucha cautela, alumbrando con el foco. El objetivo era una vaca blanca, con manchas negras y rojas de la sangre que todavía chorreaba de su cuerpo, pero no se trataba de Matilda ni de Azucena o Cariblanca, ni de una vaca cualquiera de un campesino, o de alguna cooperativa. Se trataba de Nicoleta, una vaca moldava que le habían regalado al coronel Peñarroche en una visita que hizo a la Unión Soviética, y un guajirito recluta que había allí en la Unidad, se levantaba bien tempra-no a ordeñarla, para que el coronel tuviera su leche fresca todas las mañanas.

Allí mismo el teniente nos quitó el arma y nos llevó al calabozo a esperar el juicio militar por insubordinación y por agresión a la República de Moldavia. Nada importó que hubiera aparecido el *objetivo*. Entrar a un calabozo, de madrugada, es una cosa muy seria. Todo lucía más oscuro y más frío, y la venda en el pecho nos apretaba con más fuerza.

Una mañana sentimos el ruido de la reja. Era el teniente: ¿Cómo se sentía el *elemento*?

Aquí lo mismo somos aguacates que elementos (los elementos forman los conjuntos: a ver, póngase de pie, cuántos elementos componen el conjunto A intersección B, o el conjunto A unión B).

—Muy bien, teniente.

Y como estábamos bien, perfectamente, el teniente volvió a irse, y a perder la memoria, hasta que regresó al cabo de unos días o de una semana o de cincuenta años:

—¿Cómo se siente ahora?

—Muy mal.

Y nos soltó.

Entonces nos pusieron de guardia en el Parqueo donde estaba el carro de Peñarroche, una limusina negra y brillante, con la llave puesta y el tanque de gasolina hasta el tope, lista para ir al aeropuerto y pasear los generales, cuando venía algún general de los Ejércitos Amigos, con alguna vaca de regalo; y nos pusimos la gorra y la camisa con las estrellas doradas que colgaba de un perchero en el asiento de atrás, y ningún policía de tránsito se atrevía a detenernos, sino más bien nos daban vía y nos saludaban al coronel tan joven que iba adentro, y nos echaban combustible en las gasolineras sin pagar ni un centavo, y: mira, vieja, aquí estoy de coronel, ¿no te dije que no te preocuparas...?, mira qué carro, qué hermosura, pronto ya no tendrás que seguir cosiendo ropa ajena. Y ella tenía las manos temblorosas, todo se le caía de las manos, y le brillaba la punta de una lágrima en los ojos, y nos preparó algo rápido, un pan con bistec: ay, hijo, por Dios, me estoy muriendo. Y nos marchamos antes que se muriera, por toda la autopista, sonando el claxon, hasta que los Boinas Rojas nos cerraron la calle en Matanzas, y no nos pidieron ningún Pase, ni nos respetaron los grados de coronel, sino que nos inmovilizaron, nos neutralizaron, nos aplicaron la llave turca, nos retorcieron el brazo, el pescuezo, nos partieron la vida, y fuimos a esperar el juicio al mismo calabozo, con el cuadrito de luz allá en lo alto. Y no sé por qué nos dieron unos deseos muy grandes de escribir una carta, y tuvimos que pedirle papel y lápiz y un sobre a Pacheco, un guardia comilón que había allí, que siempre tenía hambre; y con la mano izquierda, pues la derecha no se quería mover, llenamos la hoja por las dos caras, y se la dimos para que la echara en el correo, pero al poco rato volvió con ella en la mano: había un error, estaba mal puesta la dirección.

—No, Pacheco, está bien así, esa es la dirección.

Que no, que estaba mal, estaba dirigida a nosotros, aquí a la Unidad.

—Claro, Pacheco, a quién va a ser. Tenemos ganas de recibir una carta.

¿Estábamos locos, qué cosas eran esas? No iba a ningún lado, cogiera la carta, me hiciera la idea que ya la había recibido.

Pero no era lo mismo recibirla así de sopetón, acabada de hacer, a que viniera por correo, luego de un largo viaje por oficinas y por departamentos, con todos los sellos y los cuños, como una carta de verdad.

—Haznos ese favor, Pacheco, por tu madre. Una carta es de quien la hace mientras la está escribiendo, pero después que la mete en el sobre y la pega es del que la recibe.

No fuera comemierda…

—Anda, viejo, mira que nos hace falta recibirla, tener esa alegría, saber que hay una carta para nosotros. Hace tanto tiempo que no recibimos una carta…

Ya me había dicho que no. ¿No entendía el idioma…?

—Te doy cinco pesos.

No.

—Diez…

Ni aunque le diera veinte, ni cincuenta.

—Vaya, te doy la comida.

¿La comida…?

—Sí, toda la comida.

Y Pacheco nos echó la carta al correo, que llegó a los nueve días, con un sello con la foto de Teófilo Stevenson peleando con Duane Bobic, en la olimpiada de Munich, casi en el mismo instante en que Stevenson iba a conectar la derecha recta y el *upper cut,* y el *gancho* de izquierda, y ser el campeón olímpico de todos los pesos. Nosotros queríamos ver la expresión de Stevenson en aquel momento de la fotografía, su mirada de campeón, de cubano, para alimentarnos el alma y vencer, pero el cuño del correo le cubría un pedazo de la cara; sin embargo, abrimos la carta nerviosos, y la leímos temblando de la emoción. Era un poco sentimental, y tenía demasiadas oraciones sobre la grandeza y la fuerza del espíritu, con refranes y frases huecas como *no hay mal que dure cien años ni cuerpo que lo resista, y los hombres mueren de pie, y no hay mal que por bien no venga, y veinte años no es nada, y nunca la noche es más negra que cuando va a amanecer, y no conoce la quietud del puerto quien no ha padecido la tempestad, y mírame, madre, y por tu amor no llores,* y mil estupideces más que no resolvían ningún problema; sin embargo, ya nos disponíamos a escribirle la respuesta cuando el teniente se apareció, con una sonrisita burlona:

¿Cómo se sentía el elemento?

—Muy bien, teniente, todavía no nos hemos quejado.

Nosotros a veces nos poníamos así, incómodos.

—Perfecto, abra esa reja, sargento, ahora tendrá oportunidad de quejarse, párese en atención, firme, de frente, march, un dos un dos, columna izquierda, march, un dos un dos, columna derecha, march, un dos un dos, elemento, alt.

Iba a aprender a hacernos hombre, más bravos que nosotros, él los había metido en cintura:

—¿Ve ese campo de tiro, elemento, como ha crecido la hierba...? Aquí está el machete, lo quiero listo antes de que amanezca, ¿entendido...?

No, teniente, lo sentíamos, estábamos débiles, estropeados, mareados, no podemos ni apretar el machete, tenemos el brazo derecho inútil, los Boina Rojas, teniente, y cambiamos la comida por el consuelo de una carta; es decir que sí, que somos expertos en esto de cortar la hierba, teniente, mire qué bien lo hacemos, qué estilo, cómo realizamos el giro de muñeca, cómo nos inclinamos, cómo nos hundimos el filo del machete en la pierna, hasta el alma, mire la sangre, teniente, el hueso blanco, el calcio, la tibia y el peroné, mire las partes de la osamenta humana, su composición, su textura.

—Párese en firme.

—Sí, mi teniente.

—Salude.

—Sí, mi teniente.

—Sargento, lleve al herido a la enfermería, y mañana al hospital, que si está haciéndose el loco, va a saber lo que es bueno.

Nosotros éramos Propiedad Social, eso que habíamos hecho era Atentar Contra la Propiedad Social, contra la propiedad de todos, contra las Fuerzas Armadas, ¿qué nos parecía?

Nada, mi teniente, trataremos de tener algo, alguna esquizofrenia, o algún desequilibrio, somos Cabezas Huecas, y seguramente nos verán ese problema, ese espacio mal rellenado, revise bien, doctor, encuentre algo, mire que si no somos *traidores, venales, chinos espurios y espías de los tártaros*; y nos harán un juicio militar delante de toda la Unidad, doctor, por atentar contra la Propiedad Social y contra las Fuerzas Armadas, y por haber sido coronel 48 horas, y no la vida entera como debían nacer los coroneles, y recibiremos una sanción ejemplarizante, doctor, nos mandarán al Batallón Disciplinario…; sí, doctor, casi toda la familia, somos gente de origen medio loco, con padres quimbaos del cerebro, con una pila de tablones bajo el agua, que querían ser Yuri Gagarin y Valentina Tres Escobas, y los hermanos ni hablar, y tenemos tíos que se bañan en los cañaverales una vez al mes con un tanque de agua de cincuenta y cinco galones, y éramos puro ojos cuando nacimos, y la vieja pensó que había parido un fenómeno, fíjese bien, doctor, nos levantamos de noche, y no dormimos, y no soñamos, y no comemos, y no se nos para, doctor, vea qué problema, tenemos un güevo más largo que otro, y nos orinamos dormidos, doctor, se nos aparece un duende de noche: ¿ya orinó...?; no, no hemos orinado; pues orine, nos dice; y ahí mismo soltamos el chorro y meamos al de la otra litera. Y una noche ya habíamos orinado y cuando vino el duende: ¿ya orinó...?; sí, le dijimos, ya orinamos; pues cague entonces; y teníamos diarreas, doctor, imagínese, siempre andamos con diarreas, nos caen mal las comidas, tenemos un salto en la barriga, y otro en el pecho, y otro salto en el salto, doctor, que ni siquiera lo deja saltar tranquilo, y sentimos hormigas en la piel, y un cosquilleo, y nos chupamos el dedo, y mire, tenemos una uña enterrada, y el ombligo botado, y una manchita en la barriga, y una oreja más grande que la otra, por la cual oímos voces: Fulano de tal, aquí, acá, párese en firme, salude, saque la lengua, cierre los ojos, limpie las botas, alce el arma, de frente, march, columna derecha, march, columna izquierda, march, paso doble, march. No podemos estar bien, encuentre algo, por su madre, mire que si no, nos mandan al Batallón Disciplinario, a la cárcel, con gente mala, delincuentes, ladrones, bugarrones que se lo quieren templar a uno aunque no seas maricón, es decir, aunque uno no sea maricón, tipos que se las arreglan para tener pinchos y cuchillos allá adentro: venga acá Carne Fresca, acérquese, bájese los pantalones, y te amenazan con los pérforos cortantes, te acorralan entre tres o cuatro, doctor, y tienen sus pingas afuera, bien paradas, hijos de puta, doctor, y hay que fajarse, dejarse acuchillar, porque si eres flojo te tiemplan, doctor, y te ponen un blumer para que parezcas una mujer, para que seas una mujer, para que seas la mujer de uno de ellos, y sea el que te tiemple todas las noches. No podemos estar bien de la cabeza, ni de los pies tampoco, doctor. Nos ponemos las botas rusas al revés, y parecemos muñecones de carnaval caminando con las piernas abiertas; pero a veces, doctor, nos las ponemos al revés, pero no la izquierda en la derecha ni la derecha en la izquierda como debían ser unas botas al revés, doctor, sino que las acordonamos y todo con el tacón para alante, y

el teniente nos tiene mala voluntad porque
cuando dice de frente, march, empezamos a
marchar para atrás, y la compañía completa a
reírse y se resquebraja la disciplina, usted sabe
cómo es el asunto ese de la disciplina, pero eso
tampoco es todo, doctor, a veces nos ponemos
una bota para alante y la otra para atrás, y no
hacemos más que dar vueltas en el mismo sitio,
doctor, cada pierna persiguiendo la otra,
haciendo círculos sobre la hierba, círculos
concéntricos y excéntricos, éticos peléticos pi-
limpimpéticos, dando vueltas, revoluciones,
como el secundario de un reloj, que da una
vuelta por minuto y sesenta en una hora y mil
cuatrocientas cuarenta en un día y, déjanos sacar la cuenta, doctor, un recojonal seiscientas
mil en un año, que multiplicado por tres ya
cumplimos el Servicio, doctor, de vuelta en
vuelta, un poco mareados, y con una pierna
magullada, es cierto, pero con la carta de baja
en el bolsillo, hacia la calle, hacia la libertad,
hacia el mundo. No queremos ser soldados,
doctor, esa es la verdad, Nicolás Guillén, no sé
por qué piensas tú, soldado que te odio yo, si
somos la misma cosa, vea que sí, Nicolás, somos la misma cosa, somos civiles, es lo mismo,
la misma cosa, tú, yo...

Y mira, vieja, Pedri, Vladimir Ilich, lo que
traigo en la mano:

—Conseguimos la baja.

—La baja del *verde*, ja, ja.

—Nos creyeron locos, gruuh.

—Somos los bárbaros, aafftt.

—Los caballos, wihchisjinshj.

—Los bestias, arruaghegadiggoijjhggkÇ0)Ç /&yii%&&0C.

TRES

Un espejo verdadero

Volvimos al pueblo, a la Construcción, al lugar donde una vez hubo una Virgen. Bebíamos vino seco El Mundo, y hablábamos de la vida. El vino seco casi siempre nos daba por hablar de la vida, de lo que íbamos a ser en el futuro, se nos iba la juventud, y no teníamos ni oficio ni beneficio, qué tal si aprendíamos algo, si estudiábamos algo…, en este país el que no estudia está frito, no tiene otro remedio que la Agricultura, o la Construcción, míranos a nosotros, llenos de tierra o de cemento, sin dinero, sin esperanza, sin nada, podíamos ir a la Facultad Obrera, graduarnos, llegar a la Universidad por cursos dirigidos, o por cursos regulares, todavía podíamos ser algo, profesores, veterinarios, técnicos medios, cualquier mierda que sirva. Y claro que sí, qué buena idea, cómo no se nos había ocurrido antes, mañana mismo nos matriculábamos. No era fácil construcción por el día y estudio por la noche, toda la semana, y los meses; pero calculamos el límite de la función efe en equis de equis al cuadrado menos cinco equis más cuatro, cuando equis tendía a cero, o cuando equis tendía a uno, o al infinito, y aprendimos que los caracteres adquiridos en la vida no se heredaban, y que los órganos que se usaban se desarrollaban y los que no se atrofiaban, y nosotros por eso mismo teníamos que usar el cerebro porque ya estábamos atrofiados del mismo. Éramos adultos. Tigres adultos. Otra cosa.

Sacamos las primeras pruebas, bebíamos menos, y la vida parecía menos complicada.

Pero seguimos yendo a La Virgen con las libretas en el bolsillo, como en aquellos tiempos de la Secundaria.

Una noche, Pirolo no ensartó el sombrero más que unas pocas veces, habló poco, y se fue antes que nadie, sin acabarse el vino seco y sin haber matado el tiempo, con aquel dolor de que aún fueran no más las cinco de la mañana.

—¿A éste qué le pasa? —comentó Rony.

Manet nos encogimos de hombros. Casi siempre Manet se encogía de hombros. Le daba lo mismo. Todo le daba lo mismo:

—A ver, Raúl Manet, póngase de pie, dígame el papel que juega el núcleo en la célula.

Y Manet se encogía de hombros. No es que no supiera, sino que le daba lo mismo. Todo le daba lo mismo. No le importaba nada el papel que jugaba el núcleo en la célula. Yo creo que a ninguno nos importó mucho ese papel, ni siquiera a Rony, ni a la profesora, ni al director, ni al propio núcleo.

Decíamos que Pirolo estaba muy extraño.

Y la noche siguiente no vino por La Virgencita.

Pensamos que tenía problemas en su casa, pero todos nosotros siempre hemos tenido problemas en la casa, por lo menos desde que nos acordamos, o desde que nacimos, que fue el primer problema. Nosotros nacimos con problemas en la casa. Pirolo no le hablamos a nadie en su casa porque una vez su papá le estaba pegando a su mamá y él le metimos una mordida al padre en un brazo. Pero después ellos se reconciliaron, se acariciaron, se besaron, se templaron, y desde entonces Pirolo no les habla a ninguno. Rony, Manet, Omar y los demás andamos casi por el mismo estilo, excepto Santiago que cada vez que se emborracha decimos un poema a la madre y que madre hay una sola y toda esa mierda de borrachos.

Así que lo de Pirolo no eran problemas en su casa porque siempre los tuvimos. Lo de Pirolo era bien raro, pues el lunes llegamos con un bloc en el bolsillo de atrás como si fuera una libreta de notas, como si fuéramos a entrar a la Secundaria, como si todavía no nos hubieran botado de la escuela, y nos leyó una cosa ahí.

Qué nos parecía, preguntó.

Realmente no nos parecía nada. A nadie nos pareció nada. Manet nos encogimos de hombros, Rony lo miramos extrañado:

Qué era aquello.

—Un poema. ¿No ven que es un poema?

Rony no veíamos nada. Tampoco Santiago. Ni nosotros.

—Lo escribimos anoche —volvió a decir—. ¿No se la *llevaron?*

Nadie nos habíamos *llevado* nada, es decir que no habíamos entendido nada. No había nada que entender, ni que *llevarse.*

Pero Pirolo estábamos emocionado. Hacía mucho tiempo que no nos emocionábamos. La última vez fue cuando fuimos a hacernos marineros, a desandar los siete mares, y conocer Liverpool y todos los puertos del mundo, y traer ropa buena de *afuera* y zapatos y discos de Los Beatles y de Camilo Sesto y Roberto Carlos y

José Feliciano, y todas las muchachas que fueran a celebrar sus quince años vinieran a invitarnos a su fiesta para que pusiéramos la música: felicidades, cómo no, con mucho gusto, no cobramos nada, ni un centavo, solo pasar un buen rato, divertirnos. Así nos fuimos hasta la escuela, más de doscientos kilómetros, contentos, ilusionados. Teníamos todos los requisitos: disposición, aptitud física, octavo grado aprobado, (todavía no nos había botado de la escuela). Íbamos a ser Pilotos de Altura, Jefes de Máquinas, capitanes. Pero en lugar de marineros nos vistieron de verde olivo, pelados al rape, marchando de un lado a otro de una plazoleta, sudando, izquierda izquier, derecha derec. No había ningún barco por todo aquello; y solo a partir de los tres años o de los cuatro o de los cien, luego que estuvieran bien seguros que uno era revolucionario así como nuestros padres y abuelos y antepasados, y que por tanto no teníamos en la herencia caracteres hereditarios que indicaran que podíamos quedarnos fuera del país, en algún viaje al exterior, desertando hacia una sociedad de esas explotadoras e inhumanas, era que entonces se empezaba a navegar, a dar algún viajecito a las Bahamas o a Gran Caimán. Regresamos silenciosos como el que vuelve de un entierro. Ya después nada nos importó. Nos dimos cuenta que en la medida en

que crecíamos, íbamos perdiendo libertad. Si
nos hacíamos mecánicos, ya no podíamos ser
dentistas. Si nos hacíamos dentistas, no podíamos ser peloteros. Ya no teníamos edad para
ser campeones de natación o de clavados. Solo
nos iban quedando otras opciones para las cuales también íbamos perdiendo aptitudes en la
medida en que pasaban los días. Por eso nada
nos alegraba ni nos producía el más mínimo en-
tusiasmo, a no ser ahora que Pirolo estábamos
como loco leyendo los garabatos que había
hecho en aquel bloc.

El sábado no quiso tirar el sombrero. Traía
un bloc nuevo donde había pasado aquel escrito con lapicero, bastante curioso.

Trataba de un tipo que se había ido a vivir a
una montaña.

Quería dedicarse a escribir y su familia no
lo comprendía.

Ese tipo era él mismo. Nos imaginamos la
cara de su familia cuando lo vieron con aquel
lío de escribir. Pirolo necesitaba apoyo, necesitaba que alguien lo ayudara, y para eso estábamos nosotros:

—Deja esa mierda, Pirolo. Eso no sirve.
¿Has visto algún escritor con dinero?

No lo habíamos visto. Ni sin dinero tampoco. En nuestro pueblo no había escritores. Ni
falta que hacía. No tendrían de qué escribir.

Aquí nunca pasa nada. Se cumplen todos los planes. Todo el mundo trabaja o estudia, hasta nosotros. Y de nosotros no podemos escribir. Ni siquiera eso de que no podemos escribir.

—No me importa el dinero. ¿Les gustó más ahora o antes? —preguntamos Pirolo.

—¿Qué cosa?

—El poema.

Ninguno nos había gustado. Nos parecía que era lo mismo el de ahora que el de antes.

Por la noche lo trajo otra vez medio cambiado, pero escrito a máquina, a dos espacios, en unas hojas muy blancas.

Nos dimos cuenta que Pirolo estaba quendy.

El padre de Pirolo es medio loco, y un tío también, y tiene una hermana que lo mismo le da ocho que ochenta. Así que ahora nos tocaba a él seguramente. Y luego a nosotros y dentro de poco estaríamos chiflados.

—¡Imbéciles, no entienden nada, no ponen atención, no escuchan, no tienen interés, casos perdidos, todo! —dijo Pirolo, enojado, como mismo nos decían a todos en los tiempos de la escuela—. La vida es esto, socotrocos: sacarle fruto a la memoria...

Sin pasar escuela, ni curso, sin graduarnos de nada, un mal día nos sorprendimos con un lápiz y un papel, sin saber por qué ni para qué servía ser escritor, si no era para buscarnos problemas, para que nadie nos entienda, ni la propia familia, que nos mira de rabo de ojo: deja eso, hijo, te vas a poner mal de la cabeza, como si el hecho de escribir no fuera resultado de eso mismo, de estar mal de la cabeza, de tener una cabeza hueca, de no poder evitarlo, porque nosotros no escribimos sino que nos escriben, como si alguien nos dictara, como si fuera un mensaje del más allá; y subíamos los versos y los bajábamos, y los tachábamos, los eliminábamos; y no hacíamos las historias de alante para atrás ni de atrás para alante, sino más bien todo lo contrario y viceversa; y nos preocupaba la cacofonía que hacían los muchos *había* que había; y deja quietos los *había* y la bobería, eso no incumbía; lo importante era mirar, observar, atrapar la realidad y envolverla, exprimirla, sacarle el jugo, la semilla, la esencia, y luego sentarse y ponerle el corazón a la escritura; no se podía escribir con el corazón en el pecho, había que sacarse el corazón para ponerlo en cada frase.

—¿Qué haces sin corazón? —preguntó el espejo.

—Vamos a ser escritor.

—¿Escritor…? Nunca hubo escritores en la familia. Ni siquiera lectores. La mayoría de tu familia no sabía ni leer.

No nos importaba.

—Perico, tu tío abuelo, componía décimas que cantaba en los cumpleaños de la familia, pero terminó loco, bañándose en los cañaverales, con un tanque de agua de 55 galones.

No nos importaba.

—Es un camino demasiado largo, con demasiados problemas.

No nos importaba.

—Tus personajes te asediarán, robándote tu tiempo. No vivirás tu vida para ti, sino para ellos, para cada uno de tus personajes.

No nos importaba.

—Tampoco ganarás mucho dinero.

Nunca nos importó el dinero.

—Ni tendrás reconocimientos. Y los demás te mirarán como si fueras una especie diferente, un bicho raro, podrían burlarse de ti.

Siempre habíamos sido diferentes.

—Y tendrás que relacionarte con alguna gente rara. El mundo del arte está lleno de gente así.

—¿De gente cómo?

—Individuos extraños.

—¿Feos?

—No, tipos de eso… con inclinaciones…

—¿Jorobados?

—No, quiero decir…

—¿Maricones?

—Eso es, pero son como cualquiera, olvídalo. Eso no es esencial. Lo esencial será no rendirse nunca. Te asaltará el desaliento, la frustración, el cansancio.

—No nos rendiremos.

—También necesitas dos cualidades: ser sincero y tener coraje. Será necesario re escribir, tachar, borrar, pulir, estrujar, sudar, romper, botar, recoger, releer, volver a empezar, si quieres ser realmente verdadero. La Lengua es difícil de domar.

—La domaremos, señor Espejo. Aunque haya que multiplicarla, herirla, machucarla, componerla, curarla, mimarla, quererla como una novia, adorarla, descubrirle sus parajes más ocultos como a una mujer inapagable.

—Estás hablando bonito, eso le va a gustar a la Lengua, ¿y luego qué harás con ella…?

—Luego la llevaremos a un cabaret a emborracharla, y a una posada a desnudarla, besarla, violarla, desflorarla, hacerle el amor por todos los orificios, por cada una de sus frases, que se venga, que se derrame, que se riegue, que llore, que se muerda los…

—¡Cállate!… Eres un poco loquito, pero veo que estás decidido… —hizo una pausa—. Es curioso… ¿Quién dijo que la literatura era una especie de espejo que se paseaba por la ciudad?

—Tal vez Víctor Hugo, o Cervantes.

—Esa comparación no es muy exacta. Nosotros también mentimos.

—No.

—Sí. Por ejemplo, muchas veces te notaba deprimido y te disimulaba el defecto de los dientes. Otras veces tenía que bajarte los humos. Debí haber sido imparcial, pero ya ves, nada es perfecto.

—No sabíamos que…

—Sólo quiero pedirte una cosa. Si algún día escribes algo de mí, di que fui un espejo verdadero. Me hubiera gustado tanto ser verdadero.

—Tú has sido verdadero.

—No, no lo fui. Pero me gustaría que lo dijeras. Tú no puedes mentir, pero un buen escritor hallará la forma de decirlo.

—Lo haremos, si eso te hace feliz.

—Eres un buen muchacho. Ahora vete, ponte a escribir.

Fue lo último que dijo antes de hacerse añicos contra el cemento, cada una de sus partes reflejando algo incompleto, que nunca más volvería a ser un todo sobre su clara superficie. La vida jamás será igual cuando el viejo espejo de la familia ha dejado de existir.

Por tu buen corazón

Antes tampoco éramos Los Tigres, antes de ser tigre, uno casi siempre es otra cosa: perro, gato, conejo. Los tigres están hechos de corderos bien digeridos. Y éramos eso: corderos que un buen día nos digerimos a nosotros mismos para empezar a ser verdaderamente tigres.

Entonces íbamos al cine, a las tandas de las nueve de la mañana. A nosotros nos gustaban las películas de acción, de capa y espada, donde el protagonista siempre rescatara a la muchacha; o las de Toshiro Mifune, que era un tipo duro y valiente, algo así como un tigre, que no se rendía aunque lo rodeara una multitud de samuráis, y que al final de la película siempre se iba solo y triste, con el sable a la espalda a través de un caminito. Éramos Juanco y Omar, y Santiago y Manet, y Juan Ramón y Ale el Gordo, que después de ver la película hacía el papel de gordo. En casi todas las películas casi siempre salía algún gordo. Y Ale hacía bien el papel de gordo comilón, mientras alguno de nosotros, que era el Tulipán Negro o el Marsellés, o el Aventurero de la Rosa Roja, le robaba las llaves y liberaba a la muchacha, que era una muchacha imaginaria pues no había ninguna en la pandilla y nadie estaba dispuesto a interpretar ese papel. Otras veces hacíamos del Comisario, que se metía toda la película en babia, y por culpa suya, Fandor no podía capturar a Fantomas, que ya se le había escapado a todo el mundo, al mismísimo Scotland Yard, y se iba en una máquina que salía volando y ponía el fin de la película allá en las nubes. Y entonces nos íbamos a empinar papalotes al plan del Pedro Pena, a darle *cucas*, y tratar de escribir un FIN con el papalote allá en las nubes igual que hacía Fantomas con su máquina, o ponerle una cuchilla de afeitar en la cola para cortar los hilos y que los otros papalotes se fueran a bolina, allá lejos, cayeran sobre el techo de una casa, o en la calle, en un parque, pero que no se enredaran en los cables eléctricos y provocaran un corto circuito, viniera la Compañía, les dieran las quejas a los padres, nos pusieran de castigo, una semana, un mes sin cine, sin bolas y sin trompos, sin Plan Calle, sin zancos, sin patines, sin salir ni a la bodega de la esquina: Secundi-

no, regálame un caramelo, un dulce, un boniati-
llo, un medio de postalitas, Secundino; y abría-
mos el sobre temblando de emoción: nos sacamos la 49, y la 8, y la 23, te la cambio por la 14
que la tengo repetida, o por la 100 que es un
número difícil, o vaya, te la cambio por dos; eh,
miren: me saqué el FIN, que era Pepito Grillo
encima de su casita, que parecía un palomar,
con el Sol más amarillo del mundo, saliendo
allá a lo lejos. Entonces comprábamos el álbum,
que traía los cuadritos para pegar cada una en
su lugar, y al pie leíamos la historia que repre-
sentaba cada cuadro, y nos íbamos metiendo en
la vida de Pinocho como si estuviéramos mirando una película: Qué estábamos haciendo...;
nada maestra Luisa, maestra Magda, maestra
Ofelia.

—Déme acá esas postales, y atienda a la
clase.

—Sí, maestra, pero nos la devuelve cuando
suene el timbre, mire que sin ellas la vida se nos
muere.

¿Qué había sucedido, maestra?

—Entre, papá, quería hablar con usted, vea,
su hijo no está nada bien, no atiende, no se con-
centra en la clase. Se mete el santo día con las
postales esas, leyendo el álbum de Pinocho, ya
lo he tenido que regañar varias veces, pero es

una cosa que lo desquicia, que lo arrebata, y a lo mejor usted como padre me podía ayudar.

Disculpara maestra, había nacido con problemas, nació antes de tiempo, era muy nervioso, y muy inquieto, pero hablaría con él sobre las Zafras del Pueblo, y sobre la Campaña de Alfabetización, alfabetización, venceremos, y estaba seguro que el niño superaría ese aspecto, cómo no, contara con su apoyo.

—Pero eso no es todo, papá, tiene otro problema, le cuesta trabajo encontrar el camino como si estuviera perdido, vea esta cuenta, qué sencilla, todo el mundo la hizo así, por el camino más corto, y mire él, ha llenado una página completa. Verdad que el resultado le dio igual, pero no es lo mismo como usted puede ver, Dios mío, no sé por qué siempre agarra el camino más largo y más difícil.

Descuidara maestra, en cuanto él supiera lo del ciclón Flora, y de las Milicias Nacionales Revolucionarias, y que vamos hacia un Ideal, y que la ORI es la candela, no le digan ORI, díganle candela, él iba a encontrar el camino, le dejara eso a él.

—Pero el otro día, papá, estaba hablando de Céspedes, el Padre la Patria, ¿usted sabe?, y le dije a los muchachos que escribieran una oración con la palabra Padre, y mire lo que ha puesto su hijo: *Padre nuestro que estás en el cielo;*

eso sí es peligroso, por eso lo mandé a buscar, papá, su hijo se le está metiendo en alguna religión.

No, maestra, eso sí que no, no le faltara el respeto, ellos no creían, en su casa no creían, su hijo no creía, ¿este muchacho estaba loco, Virgen Santa?:

—Venga acá, señorito, ¿por casualidad usted está yendo a una iglesia o algún lugar donde se hable de Dios?

—No, papi, ni que Dios lo quiera.

¿Veía, maestra...? Él era un niño de la casa a la escuela y de la escuela a la casa:

—Tun tun.

—¿Quién es...?

—Soy yo, abre rápido.

—¿Cómo te fue, hijo...?

—Muy bien, mami, hazme un poco de pega-pega, apúrate.

—¿Otra vez...? No hay almidón, y que tu padre no te vea más con esas postales.

—No importa, mami, yo las escondo. Hazme un poco de pega-pega, con harina de pan, con clara de huevo, con cualquier cosa; mira, conseguí la 80 y la 99...

También nos poníamos a jugar con alguien que hiciera de Banco, velando a los más grandes, no fueran a hacernos *tiña*, nos robaran las pilas, nos dejaran sin nada; y perdíamos y ganábamos, y llegábamos tristes a la casa, con las manos vacías, como si nos faltara el aliento, o muy emocionados, con un paquete bien grande en los bolsillos, y dormíamos con ellas debajo de la almohada, y el olor especial que tenía la tinta nos entraba por la nariz hasta la misma memoria, y nos despertábamos a media noche cuando nos faltaba aquel olor, y se habían caído al suelo las postales, y las recogíamos una a una, y buscábamos el álbum, y no teníamos sueño viendo a Pinocho, a Gepeto, cuando lo fabricaba de madera, y al Honrado Juan y a Gedeón que un día convencieron a Pinocho para que no fuera a la escuela: para que te conviertas en actor, Pinocho, tu futuro es el Teatro, serás aplaudido, aclamado por las multitudes, serás rico y famoso, y recorrerás el mundo; y engañaron al pobre Pinocho que era un tipo cabeza hueca, que cualquiera convence de hacer lo que no quiere. Y se lo llevaron y lo vendieron como un títere a Stromboly, un viejo barbudo y abusador, que se cogía todo el dinero, y encerraba a Pinocho en una jaula. Y cuando por fin apareció el Hada Madrina, Pinocho le dijo una mentira y le creció la nariz, y dijo otra más, y la nariz siguió creciendo por entre los barrotes, y un pajarito fabricó un nido en su nariz, creyendo que era la rama de un árbol. Pero Pepito Grillo, que era la conciencia de Pinocho, y siempre le estaba dando buenos consejos como si fuera una madre: hijo, pórtate bien, hazle caso a la maestra, respeta a los mayores, lo salvó de aquella prisión metiéndose por la cerradura, y removiendo el corazón del candado, y nosotros ya estábamos felices, pensando que todo se iba a arreglar cuando a Pinocho le da por irse a la Isla del Juego, junto con Polilla, que era un tipo mala cabeza o cabeza hueca que le gustaba fumar tabacos; y la isla no era puro juego como le habían dicho, sino que allí los niños se convertían en burros; y Pinocho y Polilla estaban jugando al billar y fumando tabacos muy tranquilos cuando les salieron las orejas de burro, y luego el rabo, y en lugar de hablar ya estaban rebuznando cuando echaron a correr llenos de miedo antes de ser burros completos, sobre cuatro patas, y lograron huir de aquella isla maldita. Y cuando Pinocho llegó a su casa de lo más contento, loco por ver a su padre: papi, aquí estoy, mírame, regresé..., se encontró una nota donde Gepeto decía que había salido en un barquito a buscarlo porque se estaba muriendo de tristeza, y que se lo había tragado una ballena terrible que se llamaba El Monstruo. Y Pinocho no lo pensó dos veces para ir a rescatar a su padre, de la misma manera que el Tulipán Negro o el Marsellés tampoco lo pensaban mucho para rescatar a la muchacha de la película. Y la ballena tenía unos dientes enormes. Y allá adentro estaba Gepeto con barco y todo en las entrañas del Monstruo, con una vela encendida porque todo era muy oscuro como una noche sin estrellas, y Gepeto, muy triste, se moría de hambre, tratando de pescar algo de lo que pescaba El Monstruo, cuando pesca nada menos que al mismísimo Pinocho, que también había sido tragado, con orejas de burro y todo: papá, papá, aquí estoy, papá, papito querido. Y a pesar de todo se veían felices porque estaban juntos. Entonces hacen un fuego en la barriga del Monstruo para ver si estornudaba. Y con el estornudo salieron disparados Pinocho y Gepeto y Pepito Grillo, que también estaba allí, pero la ballena los persigue y los persigue en la 183 y en la 184 y en la 185, furiosa, con la boca abierta, y casi está a punto de engullirlos de nuevo cuando llegan a una costa escarpada y logran guarecerse en un hendidura, y El Monstruo choca contra las rocas y se parte los dientes en la 190, y se hunde en el mar lanzando chorros de agua por el lomo, y los amigos están a salvo, y Gepeto se incorpora de la arena, sin energías casi debido al esfuerzo y la agonía de la escapada, pero feliz de haberse salvado, cuando descubre que Pinocho está muerto, su hijo de madera, su hijito del alma ahogado, y lo toma entre sus brazos, con el rabo y las orejas de burro que le colgaban hasta el agua, y llora Gepeto de tristeza: Pinocho querido; y lloramos nosotros también viendo el llanto de Gepeto que no tiene consuelo ni paz sobre la Tierra, y las lágrimas no se nos secan todavía cuando aparece el Hada Madrina en la postal 194, blanca y azul, con su varita mágica y la corona de oro en la frente, y toca a Pinocho con su varita y le devuelve la vida: serás un niño de verdad, Pinocho, por tu valentía, por tu buen corazón, porque arriesgaste la vida por salvar a tu padre, y nosotros, que somos de verdad, nos secamos las lágrimas, y nos sentimos perdonados, Hada Madrina, como si antes de ser así, también un día, hubiésemos sido de madera.

La altura del momento

Entramos a la Universidad como el que llega a La Gloria.

Fue lo mejor que nos ocurrió entonces, o por lo menos eso creímos: la Universidad, la meta, graduarnos, ser profesionales, gente útil. Todo.

Era hermosa la instalación: áreas verdes, edificios de cristales…

Una tarde cualquiera, así de pronto, empezaron las Asambleas por la Educación Comunista para analizar los casos de Fulano, y de Mengano, cuyas actitudes habían dejado mucho que desear…

El aula estaba iluminada; y nosotros en la primera fila de pupitres, en silencio, casi sin movernos, con esa quietud de desolado que siente uno cuando está en un juicio, cuando van a condenar a alguien que es su amigo, aunque no participe en las asambleas ni en los actos políticos, aunque fuera un individuo abominable, que hiciera ostentación de los productos capitalistas; aunque estuviera hablando Marta Miriam, la Delegada de la FEU en el aula, elegida por unanimidad: *(era necesario sacar un Delegado rapidito rapidito, todo el mundo podía proponer democráticamente, pero era tarde ya y teníamos hambre, y ellos la Federación Estudiantil Universitaria del Centro, la Juventud, para agilizar el proceso, para irnos a almorzar enseguida traían su propuesta, si todos estaban de acuerdo nos íbamos ya, la propuesta era Marta Miriam Ramos, favor se pusiera de pie, tenía condiciones, buena conducta, buena actitud, todo, los que estaban de acuerdo en contra los que se abstenían unanimidad)*, junto a Evaristo, el secretario de la Juventud, porque el caso de Ronaldo era grave, gravísimo, tan grave como los anteriores, y debía aplicársele una medida severa, bien severa de acuerdo con el momento histórico por el que estaba atravesando el país. (Nosotros éramos un país que siempre estaba atravesando momentos históricos y nunca matemáticos ni biológicos).

De algún lugar llegaban voces apagadas e ininteligibles. Otras veces era el ronquido de algún vehículo que transitaba por la carretera o dentro del recinto universitario. El resto era calma: Los arbustos que crecían junto a las edificaciones proyectaban una sombra fija e invariable sobre las áreas verdes y sobre los vidrios de las persianas. Había un ambiente de tragedia, de final desgraciado.

—Esta asamblea propone que Frank Caballero y Ana María, sean los encargados de desenmascararlo en la asamblea de la Facultad. Consideramos que ambos poseen la suficiente moral revolucionaria para esa tarea. ¿Los que estén de acuerdo...?

Fuimos alzando los brazos. Todos estábamos de acuerdo, de acuerdo con todo, los brazos eran para levantarlos, para estar de acuerdo, Marta Miriam, y para aplaudir, y tomar las armas si era preciso. Ya lo habíamos hecho muchas veces desde que nacimos, desde que crecimos, desde que estábamos en esa asamblea según la cantidad de tipos que hacía falta desenmascarar. El mundo estaba lleno de enmascarados, pero nosotros, Marta Miriam éramos eso: desenmascaradores.

—Unanimidad.

Frank nos pusimos de pie. Estábamos de acuerdo, pero no podíamos evitar un sentimiento de culpa. No era limpio que aquello ocurriera a espaldas de los acusados, que ni siquiera sabían que iban a ser parados ante toda la Facultad, que se habían sacrificado para llegar hasta allí: seis años de Primaria, tres de Secundaria, becados, pasando necesidades, luego, el pre-universitario o la Facultad Obrera por la noche…

—Diga…

—Vea, aceptamos esa tarea. Si el Comité de Base así lo decide, pero…

—Pero qué…

—Bueno que…

—¿Qué?

—Que a lo mejor, creemos que a lo mejor…

—A lo mejor, ¿qué?

—Que a lo mejor, Marta Miriam…

—¿Qué quiere decir…? Explíquese.

—No, que nada…, que a lo mejor…

—¿Qué cosa?

—En fin…, nada, se nos olvidó, nos está fallando la memoria. Mucha matemática, y cálculo y geometría analítica…

—Y poco espíritu crítico —casi gritó Evaristo.

¿O qué pensábamos, que estas decisiones no habían sido analizadas ya al más alto nivel…? ¿Qué tipo de militantes éramos? No olvidáramos que nuestra organización era una organización combativa. Y él había observado allí que muchos no habíamos abierto la boca. A ver, usted, ¿cómo se llamaba…?

Se llamaba Susana.

—Bien, Susana, usted no ha hablado una palabra... A ver, ¿cuál es su opinión de la asamblea?, ¿le ha parecido buena?

—Sí...

—¡Sí...! ¿Usted cree que ha sido suficientemente combativa...?

—No...

—De modo que la reunión no ha sido combativa, pero ha sido buena, ¿cómo se explica eso, Susana?

Susana bajó la cabeza.

—Conteste. Estamos pidiendo su opinión.

—Bueno...

—¿Usted no levantó la mano?

—Sí...

—¿Entonces...? A ver, ¿alguien más tiene otro tipo de opinión?

Nadie nos movimos de los asientos. Todos teníamos el mismo tipo de opinión, habíamos levantado la mano, no hacía falta opinar.

—Puedes sentarte.

Evaristo habló algo bajito con Marta Miriam, y esta tomó la palabra: a pesar de la pobre participación la asamblea había cumplido su cometido, y estaba convencida, claro que sí, que cada uno de nosotros, cómo no, iba a estar a la altura del momento.

Todo estaba hecho

El comedor quedaba a un extremo del recinto universitario, casi al final de una pendiente, y era amplio y ventilado. Estábamos recostados a un pino, mirando hacia el edificio de las muchachitas que le decían el Novecientos, en alusión a su capacidad. Había sido construido mucho después que las demás instalaciones, y era notable que el cambio de arquitectura desentonaba con el resto del conjunto, lo mismo que ella, Susana, también desentonaba con el resto, porque era distinta, recogida en sí misma, y tenía como algo triste en los ojos. Siempre la buscábamos o la esperábamos allí, y entrábamos juntos como si fuera una coincidencia, como si nos hiciera falta para la digestión, para que la comida nos cayera bien, y volvimos a mirar el reloj, un Raqueta soviético, y nos sentíamos molestos, porque habíamos quedado en salir aquella tarde y ella había desaparecido, y ya se nos había quitado el hambre, y nos íbamos cuando la vimos surgir de detrás de unos arbustos, y cruzamos la distancia que nos separaba, y el mundo empezó a arreglarse y nosotros a tener apetito.

—¿Qué pasó...?

—Nada.

Y sonrió. Ella no era una muchacha discutiona, que le gustara siempre discutir. Llegamos al mostrador. Tomamos las dos bandejas y nos fuimos hasta el salón de la izquierda. Siempre que podíamos nos sentábamos en la misma mesa, y así era como si estuviéramos en la misma casa y ocupáramos los mismos puestos. La mesa quedaba junto a una ventana de cristales por donde podía verse un césped muy verde y algunos álamos, y al fondo el arroyo entre las palmas reales. Colocamos las bandejas y nos sentamos.

—Fui a buscarte al albergue y no estabas —fue lo primero que dijimos.

—Tuve una reunión.

—¿Cuándo?

—Toda la tarde.

—¿Toda la tarde?

—Sí —Susana tragó en seco, y nos pareció que tenía algo que decirnos.

—¿Qué pasó?

—Nada, hijo.

Estaba nerviosa y fue la primera vez que nos decía *hijo*. Suspiró. Se fue poniendo seria.

—No sé si deba decirlo... van a expulsar a Ronaldo, lo quieren expulsar.

—¿A Rony...?

—Sí..., en la Asamblea. Van a expulsar a unos cuantos.

—Pero, ¿por qué...?

—Qué sé yo... No van a las reuniones, no participan en los actos, en los mítines...

Susana cambió la vista y se puso a mirar hacia afuera.

—Susan.

Pero ella no escuchó.

—Susan... —Susana alzó la cabeza. Tenía el pelo recogido hacia arriba en un moño, coronado con una rosa roja, que siempre cambiaba y siempre parecía la misma—. ¿Qué te pasa...?

—Nada, hijo... No tengo hambre... ¿Quieres...?

—No, yo tampoco tengo hambre.

Hicimos silencio, un silencio como de luto, como si Rony fuera a morirse. Ella volvió a mirar hacia afuera.

Nos pusimos de pie. Llevamos las bandejas, y salimos. La noche había descendido, una noche de marzo en que el aire batía intermitentemente. Ella se alejó y nosotros subimos las escaleras del Bloque 2 hasta el tercer piso, doblamos por el pasillo que terminaba en una puerta, tun tun, ¿quién es?; nosotros, Rony, quién va a ser, abre rápido, comemierda, no te asustes, pero te van a botar de la escuela.

Rony abrió. El cuarto de Rony quedaba en un extremo del edificio. Entramos. Había dos literas separadas por un estrecho pasillo, y más acá, una salita con una tabla ancha adosada a la pared, que servía de escritorio. Nos sentamos sobre una litera.

—¿Oíste bien…?, te van a botar de la Universidad.

Rony estaba blanco o azul, pero con los colores pálidos y desleídos. No entendía nada, no entendía por qué.

—Nada, Rony, no hay nada que entender, las universidades están llenas, sobramos ingenieros y sobramos médicos y quiénes van a sembrar en este país, quiénes van a trabajar la tierra, a edificar, a defender la patria…; tú, Ronaldo, irás a la Agricultura, otra vez a la Construcción, a trabajar de sol a sol, el sol de Cuba no quema.

Y Rony estaba triste porque había estudiado mucho para llegar hasta allí, ¿verdad, Rony, que habías estudiado mucho, como un caballo, noches completas en la Facultad Obrera, medio dormido en los pupitres, para que ahora así te fueras?, porque te ibas a ir, Ronaldo, eras apático al Proceso, no participabas en las reuniones, ni en los actos políticos, usabas ropas extranjeras, Rony, ropa de "afuera", pitusas de afuera, gafas de afuera, no importa que nos hubieras prestados tus camisas para salir con Susana, ni usáramos tu jabón, y tu pasta Colgate, ni que ahora usaras lágrimas de adentro, y tuvieras los ojos llenos de agua: viejos: me botaron de la Universidad, ya no voy a ser ingeniero, ni técnico, ni obrero, ni persona, soy un miserable, un basura, un mierda.

¿Qué se podía hacer?

Nada, Ronaldo. No se podía hacer nada, todo estaba hecho.

Lo más alto y lo más profundo

Cuando venían los *Caballitos* al parque La Palmita, cambiaba la vida de nosotros. Ya desde las cinco de la tarde se llenaba todo de gente, y luego de luces que giraban con el carrusel, o con la *Estrella*, o parecían péndulos siguiendo el recorrido de los barcos, que se mecían como un columpio impulsado con dos gruesas sogas cruzadas como una equis. A veces se elevaban altísimo, y se quedaban un instante allá arriba, nosotros de cabeza, viéndolo todo al revés, hasta que reiniciaba su recorrido, y las mujeres nos miraban y se llevaban una mano a la boca, alarmadas, y el encargado tenía que ponerle los frenos porque nos podíamos matar. También nos gustaba el *Sacatripas*, que corría a toda velocidad por una especie de vía férrea llena de elevaciones, y uno tenía que apretar bien los dientes para que no se nos saliera el corazón. Pero lo que más nos gustaba era la *Estrella,* que tenía montones de pies de altura. Era la primera vez que subíamos tan alto. Desde allá arriba se podía divisar casi todo el pueblo, la calle Valle, las dos iglesias con sus altas torres, los barrios, la loma de La Campana, la Refinería de petróleo, sus enormes tanques pintados de aluminio; y si era de noche se veían las luces de los postes, y de las casas, y las luces de los vehículos que iban por el Paseo o por la Carretera Central. Había además Tiros al Blanco, y Tiros de Argollas que se enganchaban en un tubito como haríamos tiempo después con el sombrero en La Virgen, y vendían caramelos y dulces y algodón de azúcar. La música sonaba por los altoparlantes y casi siempre cantaban la canción de Marcelino Pan y Vino, todo pan y todo vino. Y nosotros vivíamos embriagados de un vino especial como no lo habíamos probado nunca. Luego, un día, se iban. Los veíamos marcharse con los aparatos hechos piezas, como hierros abandonados encima de los camiones. Era la tristeza. Y aunque siempre volvían la siguiente temporada, una vez ya nunca regresaron, y no queríamos mirar el parque La Palmita, tan oscuro, y la palma allí, tan solitaria.

Entonces íbamos al Charco de Pedro, allá por la Refinería, a darnos algunos buenos cha-

puzones y zambullir, y jugar a los Agarrados.
No tuvimos que aprender a nadar pues como
buenos cachorros, solo nos bastó caer al agua.
El Charco lo abrían a los ocho de la mañana,
que era la hora exacta de llegar. Nos quitába-
mos la ropa, la ocultábamos en algún lugar seguro, y luego de un breve calentamiento, em-
pezábamos el juego que consistía en que uno de
nosotros siempre perseguía a los demás. Si lo-
graba atrapar a alguien, éste se convertía en su
sustituto, y así se libraba del castigo ese de per-
seguir. No había opciones: Perseguidos o Perseguidores, como si fuéramos a ser eso en el futuro. Preferíamos ser perseguidos que perseguidores, a pesar de tener que huir, sin descan-
so ni tregua por el agua, fuera del agua, debajo
del agua, y por todos los caminos; entonces no
sabíamos que la vida, los caminos de la vida,
podían llevarnos por el triste camino de los que
se alejan y no vuelven más. Éramos Juan
Ramón, Pirolo, Ale el Gordo, Omar, Renecito el
Cojo, Santiago, Frank Caballero y Cheo *Coyunte*,
que después un día se fue por el triste camino.
Muchas veces estuvimos a punto de ser atrapa-
dos y convertidos en perseguidores, pero entonces cogíamos aire y zambullíamos. Con la
Estrella habíamos subido a lo más alto, y en el
Charco de Pedro bajamos hasta lo más profundo, y así, por debajo del agua, bien pegados al

fondo, raspándonos el pecho contra las lajas, y ya sin aire en los pulmones, lográbamos escapar hasta una orilla y sacar la cabeza medio ahogados por entre los bejucos y las hojas de las malanguillas.

Salíamos del charco con los dedos de las manos y de los pies arrugados de tanto tiempo en el agua. Entonces nos regábamos tierra por los brazos y por todo el cuerpo para que los padres no nos pasaran la uña por la piel haciéndonos la raya blanca, chismosa ella, y descubrieran que habíamos ido al arroyo: bandoleros, sinvergüenzas, hoy tampoco fueron a la escuela.

Pero a esa hora, ya medio vestidos, Renecito el Cojo no encontraba su ropa, y parecía un loco en cueros dando vueltas y más vueltas, porque ya nos íbamos y no podía quedarse allí solo. Frank Caballero empezó a burlarse y a imitar la voz de Suárez, el narrador del boxeo: *A Renecito Paredes, se le acaba de perder el pantalón. A Renecito Paredes…*

—Caballero, el que escondió la ropa, que se la dé, que ya está oscureciendo.

Pero nadie la habíamos escondido. Nosotros éramos perseguidos y perseguidores, pero nunca habíamos sido esconderropas: busca bien, Renecito, dónde la pusiste, haz memoria… Nada. No aparecía. Podíamos prestarte una camisa, pero así no te podías ir, René, con el camisón arriba, y abajo nada, como si fueras una mujer en bata de casa con las piernas afuera y el rabito guindando, y pasar toda la calle Céspedes y la calle Masó. Y algunos Cachorros querían marcharse, porque ya era casi de noche, y en cualquier momento llegaba Pedro el Loco, que vivía por esos alrededores y era el dueño del charco de su nombre, y podía matarnos y echarnos en un saco, y botarnos por ahí por cualquier sitio.

—Espera, René, no llores, no vamos a dejarte solo.

Renecito era de los Ratones, pero un Tigre nunca puede abandonar a nadie a su suerte, ni siquiera a un ratón. Además, Renecito era casi un Tigre, porque con una pierna más corta que la otra, bateaba como cualquiera, y corría muchísimo de *home* a Primera Base, y nunca estaba lamentándose de la vida por ser cojo ni nada de eso. También se fajaba a los piñazos en una cuarta de tierra, y excepto a Pedro el Loco, y a dos o tres ahí, no le tenía miedo a más nadie.

Y mandamos a Juan Ramón a su casa, a conseguir una ropa suya, y allí nos quedamos los cachorros: *nadie se iba para su casa aunque viniera Pedro el Loco o el que fuera, ¿entendido?* Y se hizo de noche, y nos ocultamos cuando lo vimos acercarse, la gorra hasta las orejas, barbudo, el machete al cinto, con su enorme saco a las espaldas:

—Eh, tú, Pedro el loco. Los Tigres no te tenemos ningún miedo...

Y salimos del escondite:

—Eh, tú, Pedro el Loco, quienquiera que seas, aquí estamos Los Tigres...

Y Pedro el Loco soltó el saco lleno con la ropa de Renecito hecha trozos, y con pedazos de cartón, y dos libretas y un gato muerto, y salió corriendo a toda velocidad:

—Espera, tú, Pedro el Loco...

Pero él se perdió en la noche, entre las palmas del arroyo, y lo dejamos ir porque no éramos perseguidores.

Y ya estábamos celebrando, cuando por fin apareció Juan Ramón con una ropa que le quedaba bien larga y bien ancha a René, y que él se remangó y se amarró con un arique de Palma Real, de lo más feliz por no seguir allí en cueros, pero de pronto empezó a llorar:

—Y ahora... ¿qué voy a decir allá en mi casa...?

Y nos quedamos sin fuerzas, sin palabras:

A veces los cachorros solíamos ser muy poca cosa.

¿La queríamos así, de esa manera?

Susana allí, donde había un parquecito y una brisa ligera y seca que movía los gajos de los pinos y las hojas amarillentas de las majaguas.

—¿Qué vas a hacer esta tarde?

—No sé, ¿por qué…?

—Para salir.

—¿Adónde…?

—Donde tú quieras. A Coppelia, a cualquier sitio. Me siento un poco mal aquí adentro.

Susana no contestó. Ella casi nunca contestaba las preguntas cuando se referían a salir con nosotros a un paseo.

—Tú nunca contestas las preguntas cuando se refieren a salir con nosotros a un paseo.

Sonrió.

—¿Por qué te empeñas…?

—Por dos Lugares Comunes: nos gusta estar contigo, saber cosas de ti. Te hablamos de nosotros, pero tú nunca hablas de ti. Eres tan callada, tan... hermética, pareces una santa. ¿Cuándo nos vas a contar algo de ti?

—Siempre dices lo mismo. Algún día... Tal vez algún día... —Susana se incorporó—. Vamos.

—¿Adónde...?

—A Coppelia, o donde tú quieras.

—¿Ahora mismo...?

—Ahora mismo.

Ella era así: imprevista.

Cruzamos a través de la ancha acera a cuyos lados crecían pequeños arbustos de majagua. Subimos a la ruta 3, y llegamos a la ciudad, y luego subimos a la 7, y llegamos al Arco Iris, allá en las afueras, y comimos pizzas y tomamos cervezas y nos tomamos las manos, y oscureciendo ya, un poco mareados, nos sentamos al borde del arroyo; y allí, poco a poco, nos fue contando de su vida, de su familia, de su Primaria, de su Secundaria becada, de cuando llegó aquel profesor nuevo, alto, elegante, y ella hacía unas pausas como si le diera trabajo sacarse la palabras.

—Sigue —dijimos, porque sabíamos que aquello le hacía bien.

Nada, casi todas estaban enamoradas de él. Un día la invitó al Privado para que le ayudara a actualizar el Registro de Asistencia. Eran las ocho o las nueve de la noche, pero la escuela estaba muy oscura. Ella fue porque no pensaba que Julito estaba solo, pero aquella vez no pasó nada.

Nosotros respiramos aliviados.

—Sigue —repetimos, pero ya sentíamos el temor de que la historia no tendría un final feliz.

Luego Julito la mandaba a buscar a cada rato, y se fue acostumbrando, y muchas veces no tenía nada qué hacer y se ponía a caminar por los pasillos a ver si él la llamaba. Aquella vez era cerca de la medianoche: entra, le dijo, y cerró la puerta. Ella estaba de espaldas cuando de pronto sintió que unas manos le acariciaban el pelo, se estremeció, sintió un miedo muy hondo, pero no podía moverse. Luego él la besó por el cuello, por la nuca. Ella se puso de pie, nerviosa, se iba, se iba, pero Julito la retuvo, la obligó a volverse, la atrajo.

Nosotros le apresamos la mano a Susana, que estaba fría y sudaba un sudor de muchos años:

—Ya eso pasó, ¿para qué me lo cuentas?, vas a sufrir.

—No ha pasado, todavía no ha pasado: ¿no querías que te hablara, no querías que la *santa* te hablara de su vida...? —dijo, y se quitó la rosa roja del pelo y la colocó suavemente sobre la hierba.

Era verdad, queríamos eso, ahora no teníamos deseos de oírla:

Allí, contra la pared del Privado la fue desnudando, no sabía si gritar, si quería o no gritar, cerró los ojos, pensó en su madre, que venía todos los miércoles a verla..., a mimarla, a traerle comida de la casa, cayeron al piso, fue brusco, doloroso... Aquella fue su entrada en el Amor, sobre las losas frías de un Privado, en la intimidad de un miedo que la ahogaba. Estuvo más de una semana llorando. Cuando todas dormían, o soñaban, ella se iba bebiendo sus lágrimas.

Nosotros nos pusimos de pie:

—Vamos, Susana, es de noche.

—No, todavía falta más —dijo, y se quitó los aretes y el reloj de pulsera y los colocó junto a la rosa roja.

Como a los quince días volvió a caer en sus brazos, putas que eran las mujeres, y se hizo rutina, y todos los miércoles cuando él tenía guardia, Susana se escurría hasta el Privado. Luego se fue enfriando todo, muriendo, y Julito la cambió por Alina, y por Mercy y por las jimaguas, las dos...

—Esa escuela era un desastre —dijimos, pero Susana ya no nos oía:

Fue muy triste... porque Julito le contaba a todo el mundo sus "hazañas". Y empezaron diciéndole Julita a ella, y luego a Alina, a Mercy, a las jimaguas. Y todas las que se acostaban con los profesores les ponían sus nombres: las Julitas, las Franciscas, las Armandas... Allí mismo en Arquitectura había uno que todavía le decía Julita.

—Hijo de puta, dinos quién es para ponerlo en su lugar, para partirle la vida —y tragamos en seco, coño, le roncaba la madre—; pero bueno, ya todo eso pasó, Susana, vamos, no te quites la blusa, vámonos al diablo.

—No, hay más, todavía hay más:

Al poco tiempo se curó de aquello —o creyó curarse porque nosotros sabíamos que no se había curado—, y conoció a Omar, esa vez sí se enamoró de verdad, pero tenía miedo que Omar la rechazara y nunca le contó lo de Julito. Luego pasó lo que tenía que pasar: se acostó con él, por primera vez se entregaba de forma voluntaria, y por primera vez sintió placer.

Nosotros estábamos apenados y al mismo tiempo celosos, y un poco molestos:

—¿Fueron muchas veces?

Sí, montones de veces, lo hicieron por el día, por la noche, en el campo, en casas deshabitadas, en la playa, en hoteles... Pero él era muy machista, nunca le perdonó su himen roto, y un día por fin la abandonó. Esa fue la segunda vez que ella lloró:

—Me sentí la mujer más desdichada del mundo, perdí el control, la seguridad en mí, me acosté con diez o doce más, con cualquiera, con gente que apenas conocía... Luego me aparté de todo, y me encerré en mí misma. Pensé que jamás podría ser alegre, y juré que si alguna vez me enamoraba, lo primero que iba a hacer sería contar toda esta historia.

Nos quedamos callados mientras ella se quitaba la saya, el ajustador, el blumer, y los iba doblando muy despacio, junto al reloj de pulsera, los aretes y la rosa roja, y su cuerpo era del color de la canela, y brillaba en la penumbra como una lámpara de aceite. Por último se quitó el corazón y nos lo puso en la palma de la mano:

Lo sentía, sabía que no nos iba a gustar, pero tenía que sacarse eso de adentro, y ahora: ¿la queríamos, nos atrevíamos a quererla así, de esa manera...?

Fue la tercera vez que ambos lloramos.

Ronaldo Santana, compañero

El teatro de la Facultad, repleto. En la mesa presidencial, Marta Miriam, dos profesores, y un invitado del Gobierno, todos con los rostros graves, solemnes: silencio, atendieran allá, por favor, ya iban a empezar…: bien compañeros, todos sabíamos, compañeros, el momento histórico que estábamos pasando, compañeros, y el esfuerzo que hacía nuestro gobierno para garantizar la educación y el bienestar, y no podíamos permitir, de ninguna manera, compañeros, que elementos ajenos al Proceso, invadieran los Centros de Estudios; y sin más preámbulos, empezaríamos analizando el caso de José Matías, que se pusiera de pie el compañero. Y José Matías estaba pálido, y miraba hacia todas direcciones como si buscara algo, como si hubiera perdido algo importante, las tablas de la ley; los que desearan opinar del compañero, levantaran la mano; usted, compañera Alicia, qué tenía que decir; y la voz de Alicia era viril, Matías estaba grave, frito, liquidado, era un antisocial, contrarrevolucionario, homosexual; eras eso, Matías, un compañero homosexual, maricón, que le gustan los machos, y había que limpiar el Centro, higienizarlo, hacerle una pofilaxis, Matías, y fíjate bien, analiza que tú lo ensucias, lo cagas, lo llenas de vergüenza, compañero; sin embargo, esta asamblea era tan democrática, compañeros, que aún así, le concedía a Matías el derecho a la defensa: ¿deseaba alegar algo el compañero…? Y Matías negó con la cabeza y siguió mirándose los zapatos, nada tenía que alegar, solo el silencio, ese silencio que otorga; y ante aquellas evidencias irrefutables, la asamblea proponía su expulsión: los que estaban de acuerdo en contra los que se abstenían…, unanimidad; gracias, compañeros; podía sentarse, José, no tenía que irse ahora mismo, se sentara, viera que no era el único, y escuchara que Carlos Beltrán —favor se pusiera de pie— era un compañero que no asistía a las reuniones ni a la guardia ni a las actividades de su colectivo estudiantil, compañeros, y que había tenido manifestaciones incompatibles con un compañero revolucionario, por lo que también pedían su expulsión.

Y Carlos Beltrán no estaba de acuerdo, claro que no, a él nadie, ni siquiera el Estado podía quitarle el derecho a la educación, compañeros, él había nacido en Cuba como todos; pero viera, compañero, a él no lo expulsaba la Universidad ni el Estado Cubano, que era demasiado generoso, lo expulsaban los estudiantes, la Federación de Estudiantes, es decir, la FEU, los propios compañeros, así que mirara bien, compañero, cómo hablaba del Estado, se midiera bien no fuera a ser, compañero, que tuviera consecuencias peores: La Universidad era para los compañeros, compañeros (aplausos, aplausos prolongados, ovación); y fueron llamando a más compañeros, algunos eran revolucionarios, pero tenían novios o novias o amistades, o se juntaban con otros compañeros de dudoso comportamiento, que iban a las iglesias o a los Templos, y levantaran la mano los que tenían algo que decir, y los que estén de acuerdo, y en contra; y se fue Matías, compañero, y Beltrán, compañero, y Ronaldo Rony Santana, compañero, que ya no estaría más en el aula y lo extrañábamos, y era como si una cosa completa le cercenaran un pedazo: Susana nos estamos muriendo, nos estamos ahogando, sentimos vergüenza de quedarnos callado, de no defenderlos, y sentimos mucha rabia de toda esta mierda; no te dijimos nada de aquel asco, de las ganas de irnos de este mundo para no entristecerte; solo queríamos tener a alguien que nos comprendiera, que nos dijera: piénsalo bien, y luego decide por ti mismo, para irnos sin remordimientos, para tener el valor de decirle a Panchita y a Paquito: viejos, nos fuimos al carajo, quítense esos humos de su hijo ingeniero, profesional, hombre de bien; esta vez no nos botaron, nos fuimos solos, solitos, con buenas notas y el curso aprobado. Adiós Susana. Tal vez llores por cuarta vez, o tal vez lloremos juntos, gracias por confiar en nosotros, toma el corazón y no lo entregues a cualquiera, no te olvidaremos, vendremos a verte, te escribiremos, estaremos en tu graduación, mucha suerte. Nos despedimos así, como el que piensa verse al día siguiente o en la próxima encarnación, como si ella fuera ésa, la mujer que un día iba a pasar por nuestras vidas sin saber que pasaba.

CUATRO

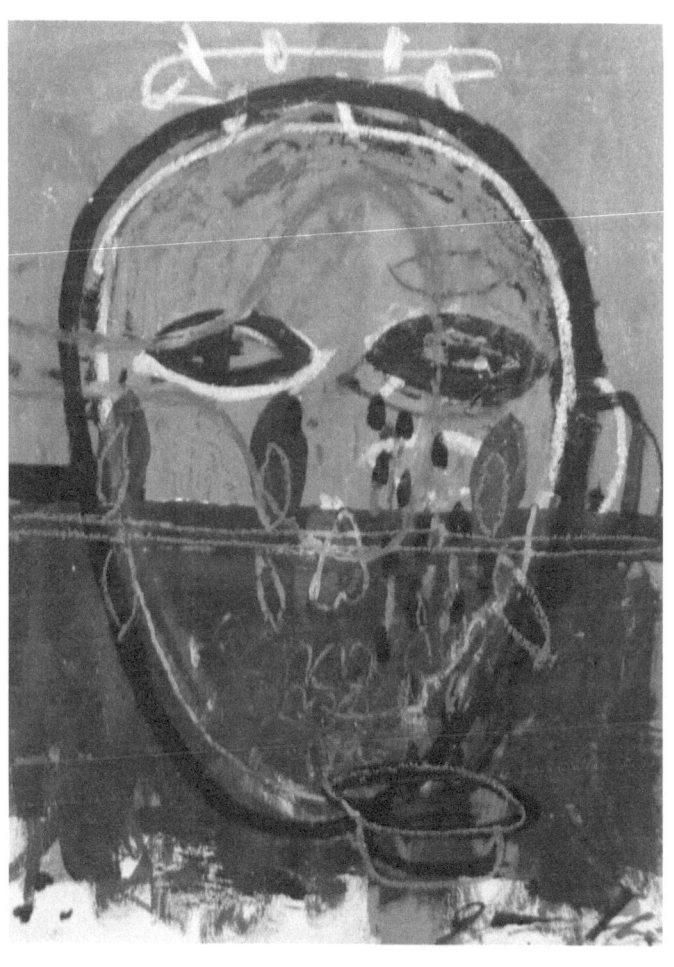

Otra vez la selva, la memoria

Volvimos a la casa, al barrio, al pueblo, al lugar donde una vez hubo una Virgen, y de nuevo lanzamos el sombrero que estaba viejo y mohoso, y ganamos y perdimos, y volvimos a ser tristes y descreídos. Y otra vez fuimos Pirolo, y Manet, y Omar y Marcelito y Rony, y Santiago, que ahora, y según se lo advirtiera el libro de los Rosacruces, padecía de epilepsia, y había dejado la construcción, y tenía un hijo rubio, de ojos verdes, futuro soldado de la patria.

A veces Santiago y Manet hablaban de la borrachera del día anterior, o Pirolo nos leía algún escrito, casi todos de tipos que se iban a vivir a la montaña.

Pero Pirolo fue dejando de venir. Sus historias no eran tan malas, pero ya no las escribía para nosotros. Empezó a darnos de lado, a juntarse con unos tipos raros que hablaban con decencia, que se creían finos, especiales, medio maricones.

—Pirolo ha cambiado mucho.

—Ya no es el mismo.

—Ya no se da un trago con nosotros.

Decíamos.

Pero Santiago saltaba enseguida.

—Déjenlo quieto. No tiene tiempo para estar comiendo bolas.

—Porque se cree importante.

—Mejor que nadie.

—¡Cállense! —volvía a saltar Santiago—. ¿No vieron el periódico...? Se está haciendo famoso. Un día va a escribir sobre nosotros. Un día vamos a salir en algún libro.

—¿Y eso para qué sirve? ¿Para qué sirve salir en algún libro?

—Para nada.

—Para que se vayan al diablo.

—Para que nos dejen tranquilos.

—En paz.

Pero a veces también salía con nosotros, y aunque se había vuelto un poco taciturno, era capaz de darse unos tragos, como en los tiempos de la Secundaria, y de fiestar, y conseguir una muchacha.

Una noche estábamos bailando con una de esas tipas pálidas que a veces no tienen qué hacer y bailan una pieza con uno, *una mínima pieza y no una pieza colosal*, cuando sentimos un relámpago, algo que nos pasó por la vista, como la luz de unos ojos y perdimos el conocimiento; seguimos bailando, pero sin conocimiento como si aquellos ojos nos hubieran absorbido en un viaje vertiginoso hacia la luz:

¿Nos pasaba algo...?

—No, nada.

Pero al poco rato miramos de nuevo, entre las demás parejas, y esa vez no fue que hiciéramos un viaje, sino que la sangre se nos fugó del cuerpo, Virgencita, fue un súbito mareo y nos sentimos morir, allí mismo, flotando en el patio de la Colonia Española. Algo pasaba porque seguíamos mirando y mirando y siempre estaban allí aquellos ojos, hasta que en un momento fueron las doce de la noche, y ella, como Cenicienta, desapareció sin respondernos quién eres, de dónde vienes, para dónde vas, sin dejarnos un zapato en la escalera, ni el más mínimo indicio.

Entonces nos citaron del Ministerio, había que trabajar, nos llenaron un Acta de Advertencia, nos podía coger la Ley del Vago, la de Newton, la de la Peligrosidad, que eran cuatro años presos porque estábamos a punto de cometer un delito, de asaltar un banco o robar una bodega, y nos ponían tras las rejas antes de delinquir, como una vacuna que previene la llegada de la enfermedad, de la rabia, y evitar así que uno mordiera y contagiara, y hubiera tragedias y muchas desgracias más que lamentar.

Ya éramos un peligro. Tigres peligrosos.

Y volvimos a la Construcción, otra vez al cemento, a las concreteras, al pico y a la pala.

Y se nos fueron aplacando las ganas de buscar a Cenicienta para que no nos viera así, con aquel pelo horrible del cemento, y tener que decirle que éramos peones de la construcción, que aquí no se llaman peones, sino cooperarios aunque sea lo mismo. Y poco a poco se fue apagando aquella llamita. Pero seguimos yendo a la Virgen porque allí mismo nos recogía el camión a las cinco de la mañana, y seguimos tirando el sombrero, y pidiéndole que hiciera algo por nosotros, que nos cayera una viga de concreto en la cabeza, que explotáramos, que nos ahogáramos, que nos arrollara el tren, pero que no sufriéramos, que fuera rápido, como un sueño, como no despertarse, como no haber nacido.

La presa Cocosolo iba a tener muchos millones de metros cúbicos de agua el día que estuviera terminada, pero ahora lo único que había era polvo y polvo, y excavaciones y fundiciones, y el ruido de los martillos neumáticos rompiendo nuestros oídos, y los domingos había Trabajo Voluntario, que era el menos voluntario de todos los trabajos porque íbamos en contra de nuestra voluntad. Y había que llegar a la obra de noche y salir de noche porque la presa estaba considerada Obra de Choque, como si estuviera predestinada por los Rosacruces a chocar con algún astro o un meteorito, y volvíamos a casa con los ojos cerrados del cansancio. Queríamos irnos de allí, pero no teníamos para dónde. Podían mandarnos al Ministerio, y de ahí a un juicio por vago, por no querer trabajar, directo para el sur del Jíbaro, o seis meses para la cárcel de Nieves Morejón, la vieja matándose para poder llevarnos algo a la visita: mira, hijo, pan con tomate, y congrí, y una lata de leche condensada que conseguí. No me dejaron entrarte ni el budín, ni los cigarros, porque pueden contener drogas o alguna cuchilla, los presos inventan mucho, hijo, pero te dejé veinticinco pesos para que ellos te den la fuma, por tu madre, pórtate bien a ver si pasamos el fin de año juntos.

Una tarde Santiago tiramos el pico y la pala: no trabajaba más en la construcción, estaba harto de la presa, del cemento, de ganar cuatro pesos, de pasar necesidades, que lo metieran preso, que lo trancaran, que lo fusilaran. Que lo acribillaran. Todo.

No le dijimos nada.

A la semana siguiente fue el juicio: Nosotros allí de acusado, con el público, con Maribel, con la vieja, los amigos a nuestra espalda, con los ojos del mundo clavados allí donde nos picaba la nuca, como en los tiempos de la Primaria cuando la maestra nos sentaba delante por hablar, por reírnos, por no atender, por casos perdidos. Éramos casos perdidos que ya no tienen remedio, ni brújula ni orientación, nacimos sin orientación, sin norte ni brújula como barcos que barquean a la deriva, que derivan...

Acusado, se pusiera de pie. Este tribunal le designaba como abogado al doctor Morúa Delgado, que estaba a nuestra izquierda haciendo una pequeña reverencia, casi imperceptible, mientras miraba al público con esa mirada falta de expresión con que miran los gatos cuando no tienen hambre ni sed, ni deseos de otra cosa que mirar sin expresión.

Y presentaron a la Parte Acusatoria, que estaba a nuestra derecha: reverencia similar. Era un tipo exacto al abogado de la defensa, como una gota a la otra, como dos gatos.

—Acusado, responda a las preguntas de la parte fiscal...

¿Era cierto que el día 9 del corriente había abandonado la Presa Cocosolo, de una forma descompuesta arrojando los instrumentos de producción, entre paréntesis, un pico y una pala, en un gesto antiproductivo y antisocial y antipatriótico, delante de sus compañeros de trabajo...?

Era verdad.

La defensa preguntó lo mismo.

Era verdad.

El fiscal solicitó 6 meses para una granja. El abogado defensor dijo que 180 días.

Los jueces se marcharon, vino un silencio y después un murmullo contenido, como cuando sonaba el timbre en el aula y nos poníamos de pie para salir del encierro, profesora, de las paralelas y las perpendiculares, director, de los gerundios y los participios, Virgencita, pero esta vez nos quedamos allí, sin saber qué hacer con el tiempo, con las horas que no transcurrían, con los ojos de Maribel y de la vieja: ay, hijo por Dios, pórtate bien, hasta que por fin aparecieron los señores de negro y se sentaron y volvió el silencio.

Probada la gravedad de los hechos y la forma nociva que actuó el acusado, dando un mal ejemplo a sus compañeros y a la sociedad, aquel tribunal consideraba...

Y Santiago salió con seis meses para una granja, para las arroceras del sur del Jíbaro, y lo despedimos el día que vinieron dos policías a buscarlo, y le pusieron las esposas, Maribel llorando: qué se iba a hacer ahora, Dios mío.

En Santiago los Tigres nos habíamos casado y habíamos sido padres por primera vez, y en Santiago también fue la primera vez que los Tigres caímos presos. El Sur del Jíbaro estaba lleno de bandoleros, y Santiago no tenía ni veinte años, y había un gigante alias Dienteperro, con el puño del tamaño de una lata de pera: llegó Cara de Niña, acércate, pipo, déjame verte las nalguitas, pero Cara de Niña no era fácil, y Dienteperro tuvo que golpearlo hasta el cansancio, hasta dejarle el cuerpo como un bulto inerte escupiendo la sangre, qué se creía ese *blanquito*, y vinieron los guardias, y se lo llevaron al hospital. Y como a los quince días volvimos a la granja, todavía con las marcas y las cicatrices y con dos dientes de menos, y una tijera de más metida en la bota, y el Dienteperro cayó al suelo sin decir ni un ladrido; y la algarabía, y el corre corre, y se llevaron al herido al hospital y a Santiago lo pasaron para la prisión de mayor rigor, donde estaban los criminales y los asesinos. Y nos acordamos de Martín, que trabajaba allí en el Puesto Médico y que había hecho la Facultad Obrera con nosotros, que seguramente nos recordaba todavía: Martín, por favor, tenemos un problema, tienes que ayudarnos, vea, se trata de un amigo, de un hermano, está preso, incomunicado, sin visitas, sin cartas, sin aire, sin nada; pero es buena persona, está ahí porque no se dejó templar, problemas de hombre, Martín, te lo garantizamos, hace falta que lo ayudes, de alguna forma, por tu madre, mira que su mujer se está consumiendo como un diente de ajo, y tiene un niño, y otro más por venir, y padece de epilepsia, de ataques, de convulsiones, se queda en blanco, echando espuma por la boca, Martín, haz algo, por Dios, cualquier cosa, si sigue allá adentro se va buscar más problemas, él no aguanta mucho, entendiera, lo van a matar; o mejor no hagas nada, total, que se pudra, que se joda, que se muera a ver si descansa de una vez. Y Martín se rascó la cabeza, necesitaba un ayudante de enfermería, tal vez pudiera... ¿Ese muchacho sabía algo de enfermería...? Sí, Martín, cómo no, era un experto, sabía inyectar, poner sueros, coger la vena, enyesar, dar suturas, en un aprieto podía sacar muelas o extirpar alguna apendicitis. Mentira, Martín, no sabía nada, absolutamente nada, siempre fue un poco bruto; pero era nuestro hermano, qué se le iba a hacer.

Y Santiago pasó al poco tiempo para la enfermería, con pacientes, con trabajadores civiles, con gente buena, y ¿ves Maribel, ves Elsa...?, no se aflijan más, ahí no va a tener problemas, no lloren, miren, llévenle estas cosas a la visita, y estos libros, y esta cartica: *querido hermano: no te desesperes, estamos contigo, conseguimos dos saquitos de cemento, y el sábado vamos a echarle el piso a la Villa Maribel, y más alante, si podemos, le arreglamos el techo y la pintamos, tranquilo, que todo pasa, verás que todo pasa…,* pero mierda, sabíamos que era mentira, que no pasaba, que nada pasaba, ni siquiera el tiempo, que la vida seguiría igual por los siglos de los siglos, que la presa no se iba a acabar nunca, que no podíamos irnos. O La Presa o El Preso: ésas eran las opciones. El país estaba lleno de presas y de presos, existía una relación entre ambas cosas. La población penal aumentaba en la misma proporción que la capacidad de embalse. Podían crearse dos conjuntos: conjunto A: Población Penal; y conjunto B: Capacidad de Embalse. Así podía decirse que para cada elemento *Reclusos* del conjunto Población Penal, existía uno o varios elementos *Metros de Agua*, del conjunto Capacidad de Embalse, por lo que la relación no era inyectiva ni biyecti…

—Eh, tú, agarra la manguera, ¿en qué estás pensando…?

Era el jefe, Pancho, alias No Se Puede:

—Permiso, Pancho, mire yo quería hablar con usted, resulta que estoy haciendo otro cuarto, la verdad es que ya no cabemos en la casa, y vaya, como esas cabillas oxidadas ya no se usan en la presa, y se están echando a perder…

—No se puede.

—Permiso, Pancho, mire, necesito dos saquitos de cemento, aunque sean prestados. El problema es que mi niño es asmático y el piso de tierra, usted sabe…

—No se puede.

—Permiso Pancho, necesito unas puntillas ahí, aunque sea de esas jorobadas.

—No se puede.

—Permiso Pancho, nos vamos al carajo.

—No se puede.

Y pudimos. Primero nos fuimos Ronaldo, que resolvió en otra brigada de construcción en Sancti Spiritus. Era un grupo pequeño y no había que trabajar todos los sábados ni hacer tanto Trabajo Voluntario. Y después nos fuimos Marcelito, Juan Ramón, Pirolo y Manet. Y el jefe de aquella brigada era un negro medio haitiano que no pronunciaba las erres: Tú, pada la adena, tú, tú y tú en las cadetillas, Ugenito pada la cocina, Juan Damón pa'l cemento, ah, y el Guajado y Madcelo pa' la piedda.

Un día el camión se desvió de su ruta habitual y llegamos a las afueras de Sancti Spiritus, donde había un solar yermo, y donde nos esperaba el técnico de la obra estudiando algunos planos.

Primero rebajamos una loma a pico y pala y después empezamos a abrir huecos donde iba a ser la casa del negro. Y empezó a llegar cemento, y arena y hormigón y cabillas, y el negro no se movía de allí, mirando cómo su casa iba surgiendo de la tierra, creciendo cada día. Nosotros haciéndole la casa al jefe con los materiales del pueblo, y yo no tengo ni un buche de cemento para tapar un hueco, dijo alguien una vez.

El jefe no era *empachado,* nos dejaba salir, coger un *diez,* pero quería una casa especial: Yo quiedo que cuando esté tedminada se padezca un cabadet. Y esa paded hay que tumbadla y hacedla pod aquí, y tumbábamos la pared y hacíamos los cimientos por donde él decía: y no me ahoden cemento que esto no es pada el Estado.

Y el 5 de diciembre, Día del Constructor, cuando ya habíamos pintado la casa, con el primer cuarto de rojo como un cabaret, fuimos a la asamblea, con lechón asado y cervezas, y la brigada recibió la medalla XX Aniversario, y el negro subió a la tribuna y tomó la bandera y los abrazaron otros jefes. Y nosotros allí, sin decir nada, bebiendo, tragándonos las palabras, para no ser acusados de traidores y venales y chinos espurios y espías de los tártaros.

La niña está sola, vamos

Un domingo apareció ella, aquella visión que había cruzado por nosotros como un rayo de luz o el recuerdo de una buena noticia: la encontramos cuando nos parecía morir, y el corazón era una fruta seca, una pasa, un viejito que se nos consumía como una vela en el pecho, Cenicienta; y mira cómo se ha puesto, se volvió loco, se hinchó, se agigantó: toca aquí para que veas, para que sientas cómo palpita, cómo relampaguea, cómo se nos quiere salir. Ella tenía una familia, un hogar, una perrita, la mirada pícara y la voz suave, qué bueno que apareciste, aunque tengamos muy poco que ofrecerte, salvo estas manos y estos ojos; pero eso ahora no importa, ¿verdad?, ¿verdad que no importaba, que lo importante eras tú, y nosotros, que por fin nos habíamos al fin? Y vieras que sí, siempre teníamos algo que ofrecerte, te ofrecemos la vida, esta aventura de caminar un camino, un poco difícil, Cenicienta, Sulamita mía, porque nos esperan contratiempos, enredos y separaciones, y llantos y alegría, y *podían encontrarte los centinelas, que andan de ronda por la ciudad, los guardias de las murallas pueden golpearte y herirte,* pero no te asustes, que todo saldrá bien, y un día voy a escribir un cuento que hable de ti y del Paseo y de la vida, y de los ojos tristes de los aeropuertos, y sabíamos que era así porque no podía ser de otra manera; y ella tenía el alma de los niños buenos, y era alegre, y risueña, y espontánea, y feliz, y tenía luz en los ojos y la juventud en la palma de la mano, y su pelo era cálido y suave como el atardecer de la isla, y llevaba en sus mejillas la luna entera de marzo, y sus labios eran jugosos como frutas tropicales, y sus pechos eran palomas asustadas: puros panales mellizos de miel de abejas sus pechos, y sus manos eran una caricia que nos limpiaba las llagas allí, en los recodos insondables, y podían curarnos del dolor y de la enfermedad y de la muerte, y sus piernas como dos troncos gemelos de los mangos del Caney, y olía a jazmines, a guayaba, a mariposas, y a flor de caña, y toda ella tenía un nombre, porque tampoco podía ser de otra manera: LLUVIA/ FLOR/ ESPUMA/

LUNA/ LUNAMÍA, así, como una sola palabra, como un verso: *Que me bese con los besos de su boca*. Y besamos su boca, su piel, toda la geografía de su cuerpo, que era una costa de arenas blancas, una playa infinita, con entrantes y salientes, y exuberantes ensenadas, y marejadas violentas, y bahías de bolsa cuyas aguas eran un espejo de luces y de sombras, donde encallamos muchas veces a capear la tempestad y el mal tiempo. Y el amor tenía prisa, y tuvimos que hacerlo una vez, y luego rehacerlo, y volverlo a inventar, renovarlo cada día. Y su sexo era húmedo y suave, con lugares secretos, profundamente misteriosos, donde vibraba una música de ángeles que no podía tocar ninguna orquesta porque brotaba del manantial más dulce de su corazón. Hasta allí bajamos muchas veces, y nos sumergíamos en su música divina, y cada vez era como si fuera la última, como una premonición de que iba a haber un último día, como si estuviera próximo, como si lo supiéramos todo, Lunamía. Y entre una vez y otra íbamos hasta el Paseo a contemplar la noche, Lunamía, mira el Paseo, los álamos, mira la Terminal de Ómnibus, el Correo, la fábrica de tabacos, mira las viejas casas de madera, el garaje, el Parque Infantil, El Sevilla, la Colonia Española, el cielo, ¿te acuerdas…, Lunamía, qué azul estaba el cielo, qué azul estaba todo, la Ca-

rretera Central, la Estación de Policía, los pajari-
tos, la vida…? Todo latía allí porque estábamos
nosotros, porque éramos la casa del amor donde no podía entrar más nadie, lindo comienzo,
dijiste, dijimos al mismo tiempo: lindo comienzo el de nosotros. Pero entonces escuchamos un
ruido, un murmullo de voces del otro lado de la
calle, como si hubiera una pelea, una discusión,
un accidente, y vimos al viejo Secundino, perseguido por una multitud que le gritaba; fíjate
bien, Lunamía, escucha a ver qué dicen; *que se
fuera, que se fuera, que se fuera la escoria,* y Secundino era la escoria porque su hermano había
venido a buscarlo de Miami en un barquito, y
corría casi sin fuerzas y no se podía ir, y la gente tenía odio en los ojos y huevos en las manos,
Lunamía, y la ropa de Secundino chorreaba
huevos, Lunamía, y la cabeza de Secundino
chorreaba huevos, Lunamía, y todo Secundino
era un viejito que estaba naciendo de un gran
huevo, Lunamía; sí, pero no te metas no te metas, y nos apretó la mano, y sentimos un calor
muy hondo, y no sé por qué nos acordamos de
Martí niño y de la madre de Martí, cuando fue a
buscarlo aquella noche para que no lo mataran
cerca del teatro Villanueva: *la niña está sola, vamos.* Y había unos pioneros que iban para la be-
ca, para la Nueva Escuela: *casas y escuela nuevas,*
esperando la guagua en un portal, con sus trajes

azules y sus corbatas, y se incorporaron al coro, y agarraron piedras de la calle, y una piedra golpeó al viejo Secundino en las piernas, Lunamía, y otra más veloz hizo diana en su espalda, y Secundino se dobló, lanzó un quejido, cayó al suelo, Lunamía; y a Ronaldo Santana, compañero, lo botaron de la Universidad y nosotros no lo defendimos, Lunamía, y Secundino antes no era un viejo, y nos daba caramelos y dulces, Lunamía, y ya no pudimos aguantar más: hijos de puta, abusadores, qué se creían; nada, nada se creían, y me quitara del medio si no quería que...; y no escuchamos bien lo que no queríamos que, porque una piedra nos dio en la frente, y el zumo en el corazón, y Lunamía se metió y nos haló por un brazo: vamos, vamos; y un huevo le dio a ella en el pelo y empezó a chorrear; hijos de putas, y cogimos una piedra, y ella nos apretó fuerte: *la niña está sola, vamos*; y Secundino aprovechó para incorporarse, y siguió su carrera lenta y fatigosa, y la multitud detrás de él: que se fuera la escoria, que se fuera; y los gritos fueron apagándose, y Lunamía y nosotros quedamos en silencio, y a ella no le gustó una rosa ni a nosotros un clavel, sino que ella nos limpió la sangre y nosotros la clara de huevo: bonito comienzo el de nosotros, dijimos, y nos besó, con los besos de su boca, todavía con sangre y clara de huevo entre los dientes, y le dimos la mano y la acompañamos a su casa, y nos cepillamos los dientes con el mismo cepillo y tomamos café y refrescos, y nos sentamos en los sillones del portal, y la noche estaba negra y triste como nunca antes la habíamos visto, y empezó a caer una llovizna fría; y teníamos prisa, como si supiéramos todo, y en una noche así, poco después, nos casaríamos, lloviendo desde el amanecer, con Juanco, que todavía no se había muerto, y unos pocos invitados; y soñábamos con una casita de madera con árboles frutales, mangos, guayabas, y la sombra de un tamarindo, y con una niña impaciente y animosa, para que Lunamía, tomándonos del brazo, nos sacara de todos los peligros: *la niña está sola, vamos.*

El miedo a tener miedo

El cachorro sintió el impacto encima de la oreja, se estremeció, las piernas se le doblaron, cayó a la lona, que olía a quemado, a suelas de zapatillas, a sudor, a algún tipo de analgésico. Los focos que colgaban encima del *ring* lo encandilaron y miles de voces llegaron al mismo tiempo, miles de formas de un solo sonido vasto y desigual. Escuchó el conteo del *referee*, que marcaba los segundos, el tiempo mínimo para ponerse de pie, para seguir combatiendo: uno, dos, tres...

Había llegado su hora del *ring* de boxeo, como un augurio del otro *ring* más amplio y silencioso. Cuando había cartelera de boxeo todo se suspendía en el pueblo. Ni siquiera en carnavales el público dejaba de asistir. Se ponía a seguir la conga detrás de las comparsas y las carrozas por toda la calle Valle, con las pergas de cerveza en la mano, chorreando la espuma blanca: *uno dos y tres, qué paso más chévere, qué paso más chévere,* pero cuando llegaban a la esquina del Crispín, la masa humana abandonaba las carrozas y la estrella del carnaval y los luceros, y la luna y el cielo con todos sus astros, y tomaba a la derecha hacia la sala de boxeo Pincho Gutiérrez.

Habían transcurrido varias peleas cuando apareció la voz de Suárez. Suárez es un viejo gordo, que usa una gorra con un broche en la visera, y una voz potente que escuchábamos antes de llegar al terreno de pelota anunciando a los jugadores: *Alfredo Acosta: Segunda Base.*

Suárez anunció al cachorro en la esquina roja, con un short rojo que había comprado para la ocasión, y a su oponente el tigre en la azul. Una mitad aplaudió al tigre y la otra al cachorro. El *referee* fue a cada esquina y revisó los guantes, abrieran los brazos, las axilas, todo bien, y sonó la campana, y los rivales caminaron hasta el centro del *ring,* chocaron los guantes, e inmediatamente vino el golpe y el cachorro cayó contra la lona.

Cinco, seis, siete… El cachorro se incorporó, las luces giraban a su alrededor, la bulla de la gente parecía un alarido. Caminó unos pasos, buscando a su rival, se pegaron uno a otro, golpe por golpe, arriba, abajo, en la cara, en el abdomen, en la mandíbula, en la frente, en las piernas, en las sogas, entre las sogas, en los gritos. Y sonó la campana y fueron cada uno a su esquina, el cachorro se sentó en el banquito, su entrenador subió haciendo girar una toalla como un ventilador, como el aspa de un molino, le hacía falta aire, estaba ahogado, sin fuerzas, abriera la boca, y le pasó una esponja húmeda por la lengua, le apretó el estómago, respirara profundo, por la nariz, botara por la boca, así, eso era, cogiera aire, talán, la campana, arriba, guapeara y no recogiera cabos. Y otra vez frente a frente, otro golpe y el cachorro vuelve a besar la lona, beso triste y amargo el beso de la lona, y los gritos, y las luces girando, uno, dos, tres..., qué paso más chévere, guapeara cojones, gritaba Juanco, que todavía no había muerto, y el cachorro se apoya en las rodillas, se pone de pie, se limpia los guantes en el short, se acerca a la masa borrosa que es el tigre, golpe por golpe, derecha, izquierda, derecha, izquierda, derecha, izquierda, cuidado con el *gancho*, con el *jab*, no metiera la cabeza, no agarrara, no se le pegara tanto, sonó la campana, y volvió al banquito y volvió a aparecer el entrenador, la toalla, la esponja y la lengua, y el cachorro lo que tenía era hambre, un hambre como de cien años, porque estaba sin fuerzas ni energías, le hacía falta un pan con bistec; pero se fijara bien, atendiera a su

entrenador; o si no un pan con tomate; se cuida-
ra del *swing* de derecha, le estaba haciendo da-
ño, no se metiera en el cuerpo a cuerpo, sino en
la riposta, entrando y saliendo de la zona de
impactos; una pizza de jamón, chorreando el
queso; se agachara un poquito, apretara bien los
puños y metiera el *upper cut* al hígado, a los
planos bajos; o un par de croquetas metidas en
un pan; y luego la derecha recta al mentón, y
saliera con la izquierda en forma de *jab,* y después que le hicieran el conteo de protección, le
conectaba la derecha recta, una, dos veces a la
mandíbula, y otra vez la izquierda y lo liquida-
ba de una vez, esa era su táctica, su estilo; o
aunque fuera un refresco de limón, o un poco
de agua con azúcar; su estrategia, ¿entendía...?;
talán, la campana de nuevo, izquierda derecha
upper cut, izquierda derecha *upper cut,* arriba,
abajo, izquierda derecha *upper cut,* y el tigre cae
por vez primera, uno, dos, tres, la gente gritando sorprendida, el tigre se incorpora, dispuesto
a terminar de una vez, pero el cachorro se aga-
cha y conecta y vuelve a conectar, y por algún
lugar siente la voz de los otros cachorros, y alza
los guantes, que ya no pesaban como bolsas de
arena, porque era como si los cachorros estuvieran allí en su puño derecho, y en su puño izquierdo, y en sus pulmones, en su corazón:
arriba, guapea, arriba guapea, y el cachorro

arriba, abajo, y el tigre otra vez besando la lona,
y el conteo de protección, y la algarabía, pero se
incorpora, sacude los guantes y no da tregua, y
la gente gritando y ellos en el centro del cua-
drilátero, tú por tú, izquierda contra izquierda,
derecha contra derecha, pecho con pecho, arriba, abajo, las piernas girando a un lado y a otro,
con los movimientos, con los impactos, doblán-
dose y estirándose, y el asalto no se acababa, el
tipo de la campana estaba allí mirando embo-
becido, y se olvidó del tiempo y del espacio:
arriba, abajo, derecha, izquierda, y el público
empezó a preocuparse, estaba bueno ya, basta-
ba ya, y alzaban las manos los que tenían relojes
de pulsera, la campana, la campana, borracho,
tocara la campana, se iban a matar, hasta que el
hombre reaccionó y tocó la campana bien alto
para que todos la oyeran, talán, excepto el cachorro y el tigre que seguían allí pegados, izquierda y derecha, arriba y abajo, sordos a todo
y al mundo, y tuvo que intervenir el *referee* y
separarlos, y el cachorro se fue para la esquina
azul y el tigre para la roja, hasta que se dieron
cuenta y rectificaron. Y los jueces se demoraban
con la decisión, y sumaban y restaban y sacaban
raíz cuadrada, y el público ya había empezado
a silbar, impaciente, y los rivales fueron llama-
dos hacia el centro, ya sin guantes, con las ven-
das blancas colgando de las manos. Y Suárez

por el alto parlante: El vencedor..., el vencedor... Amables aficionados..., pero no había ni
vencedor ni vencido, la pelea era declarada *tablas* de acuerdo con la puntuación, y el público
ya estaba gritando, suelten la botella, tanto golpe por gusto, qué se creían esos jueces, borrachos, descarados, sinvergüenzas, y un aficiona-
do se subió al *ring* y levantó la mano del tigre
en señal de triunfo, y la mitad del público empezó a aplaudir y la otra mitad a silbar, hasta
que subió uno de los que silbaba y le alzó la
mano al cachorro, y los que silbaban rompieron
a aplaudir y los que aplaudían a silbar, y los
dos aficionados se miraron con furia desde cada
una de las esquinas, y se acercaron al centro del
ring, y se fueron arriba, izquierda, derecha, izquierda, derecha, y comenzó a subir gente que
silbaba y gente que aplaudía, y el mundo entero
era el *ring* de boxeo que no estaba hecho para
soportar al mundo y se hundió por el centro
como una novela que se cierra, con los personajes allá adentro dándose golpes, y llegó la policía: tres disparos al aire, suábana, suábana, suábana, y con el primer disparo los personajes se
quedaron inmóviles como muñecos de cera, y
con el segundo, se abotonaron las camisas y
fueron saliendo de la novela, y con el tercero la
novela se abrió en la página del *ring* que era al
principio, cuando no había empezado la carte-

lera, y los boxeadores tuvieron que echar de nuevo las peleas, y volvieron a subir el cachorro y el tigre, y repitieron el combate, arriba, abajo, izquierda, derecha, y cuando Suárez dijo que era *tablas*, ni vencedor ni vencido, nadie se subió al *ring* a fajarse porque allí estaba la policía dispuesta a tirar tiros al aire, y el *ring* no se hundió más, ni se dobló como una novela, y el cachorro y el tigre pudieron llegar por fin hasta los camerinos donde estaban los demás cachorros, y las pizzas calientes y el refresco, como una bendición, pero el cachorro fue a masticar y sintió un dolor muy fuerte allí donde se unen las mandíbulas, y cerró la boca despacito, sin decir nada, y le regaló la pizza a los demás, no tenía hambre, solamente quería el refresco, y el tigre abrazó al cachorro, y el cachorro al tigre: ganaste, dijeron al mismo tiempo, y se levantaron las manos, ganaron los dos, dijeron los cachorros, vivan los cachorros; cuáles cachorros, dijo el tigre, allí no había cachorros, solamente tigres, y los cachorros se miraron, era verdad, solamente había tigres, y nunca más iban a pelear, los tigres no podían pelear contra los tigres. Y cuando salieron los esperaba una muchacha un poco mayor para ser novia de alguno de ellos, y le dio un beso al cachorro, que le borró todo el sinsabor de los besos de la lona: así eran los valientes, le dijo, y aquel fue un golpe tan bajo y tan imprevisto, que al cachorro se le doblaron las rodillas y cayó al suelo: uno, dos, tres, y los demás lo ayudaron a pararse, qué le pasaba, tenía la cara roja como un tomate, y mirara, viera, habían juntado un dinero para celebrar: dos refrescos y un pan con mantequilla, no había alcanzado para más, pero era suficiente. Y brindaron por la victoria, por la valentía del cachorro: ¿qué sintió allá arriba, con tanta gente, cómo era eso, no le había dado ningún miedo…?

—¿Cómo miedo…, un cachorro con miedo…?

Pero mentira: había tenido mucho miedo, un miedo raro, extraño, un miedo al miedo, a tener miedo, a no ser tigre, a no haber salido tigre.

El triste camino

1

Lunamía y nosotros por encima de las piedras de las calles y de los cascarones de huevos que chirriaban a nuestro paso, dispuestos a renovar los hechos de la semana anterior, a ver cómo estaban las hojas de los álamos y los nidos de los gorriones, y la Terminal de Ómnibus, y la vida. Cruzamos por entre los grupos que lanzaban huevos y más huevos como si el pueblo fuera una tortilla gigantesca cocinándose al sol, cuando encontramos a Juan Ramón, que se iba a apuntar como Escoria. El Mariel estaba lleno de barcos, de gente que venía a buscar sus familiares, pero primero tenían que llevarse los delincuentes, los ladrones, los rateros, la escoria, y la Oficina estaba abierta, y lo acompañamos. Y Lunamía tenía mucho miedo: *la niña está sola, vamos*, pero nosotros la apretamos fuertemente.

—Buenas, capitán, vengo a apuntarme...

Pasara adelante, le dijera sus *antecedentes*.

—¿Cuáles antecedentes?

¿Cómo que cuáles?, si no tenía Antecedentes Penales no se podía ir.

Antes para irse del país no se podía tener Antecedentes, ahora todo estaba al revés. No te vayas, Juan Ramón, no te vayas, mira que vas a extrañar, que vas a dejar a un hijo, a tu mamá, que está vieja y flaquita, mira que se descompletan Los Tigres.

No le importaba.

—En el año setenta, capitán, tuve un juicio por Escándalo Público:

¿Por qué…?

—Por Escándalo Público, capitán.

Ah, no se preocupara, podía irse a su casa, eso no era Antecedente Penal.

—Espere, en el 72, me robé una bicicleta.

¿Una bicicleta…? Tampoco, tampoco eso era Antecedente.

—No te vayas, Juan Ramón, fíjate que Santiago no se fue, le avisaron en la cárcel y no se fue, y ahorita seguro que lo sueltan, y hubo un montón más que tampoco se fueron: hasta los presos quieren a su patria.

No le importaba.

—Vea, capitán, también me escapé del Servicio y estuve seis meses en el Batallón Disciplinario.

¿Tenía los papeles?

—Bueno, no, se me perdieron.

Entonces tampoco era Antecedente, y mirara, si no tenía algo más grave, lo mejor que hacía era volverse, se fuera a su casa tranquilo.

—No, no, espere, capitán, por su madre, mire, no quería decirlo, pero, ¿se acuerda del robo del Club...?, ése fui yo, yo soy un especialista, fíjese que nunca me han echado el guante; y robé en el Gallito, y en el Merendero y en Los Paragüitas; y además soy religioso, Testigo de Jehová, Pentecostés y Adventista del Séptimo Día, y del Segundo (yo no trabajo los lunes ni los sábados); y me gusta la melena y los pantalones campana y las canciones de Los Beatles y las de Camilo Sesto y José Feliciano y todos los cantantes que aquí están prohibidos, y...

—No te vayas, Juan Ramón, por el camino triste de los que se alejan...

No le importaba, se iba, se iba, estaba cansado de la Construcción, de vivir amenazado, estaba harto de comer huevos mañana, tarde, y noche:

¿Tenía pruebas de eso que estaba diciendo...?

—No, pero déjeme terminar, una última cosa, capitán, me da un poco de pena, pero soy homosexual, vaya..., maricón por así decirlo, es triste, pero no puedo hacer nada, uno no es maricón porque quiera, qué voy a hacer si no me gustan las mujeres, por bonitas que sean no me gustan, ni siquiera las artistas, capitán, y cuando veo un hombre buenazo, me arrebato, me vuelvo loco, se me quiere salir el corazón, por ejemplo me encanta Robert Redford, y Paul Newman, ¿nunca ha visto a Paul Newman, capitán? Es una maravilla, qué barbaridad de hombre…, pero quiere saber una cosa, el macho que me gusta, capitán, que me desquicia, que me hace temblar como una hoja, es un imposible, capitán, pero ¿sabe quién es…?: Louis de Funes, el de *Fantomas se desencadena*.

Y el capitán le tomó el nombre y los apellidos, y la dirección del Centro de Trabajo. Y Juan Ramón, en una semana se fue por El Mariel, y le tiraron huevos, y nos abrazó por el Equipo, que esta vez se quedaba descompleto, y aquel Tigre lloró antes de irse y lloró por el camino, y sabíamos que después también iba a llorar, aunque no comiera más huevos mañana, tarde y noche.

2

—Siéntese, recluso…

El teniente nos acercó un papel y un bolígrafo.

—Bien, Doscientos Seis, firme aquí que usted desea ir a los Estados Unidos.

—¿Adónde…?

—A los Estados Unidos de Norteamérica.

—No, teniente…

No queríamos irnos a ninguna parte. Mucho menos a Estados Unidos. El que se va de Cuba nunca más puede volver, ni ver a su familia, ni a sus amigos; se queda en un limbo para siempre y envejece lejos de los suyos, lejos de todo, en un paisaje extraño y remoto.

—Mire, Santiago —la voz del teniente era amable—, yo le recomiendo que no desaproveche la ocasión. Esto se da una sola vez en la vida. Allá puede tener un futuro, ganar mucho dinero. Ya Carter dijo que los recibiría a todos con los brazos abiertos.

—De ninguna manera, teniente.

El teniente cambió la expresión de su rostro.

—Doscientos seis, usted está aquí por un delito de Vagancia, y tiene pendiente otra causa por Lesiones Graves. Por lo menos le quedan tres años y medio. Es demasiado tiempo y se puede complicar aún más. Aquí los hay que entraron por seis meses, y ya llevan veinte años tras las rejas; y ¿sabe…?, ahora vamos a establecer el sistema ruso de prisiones: cero Pase, cero visitas, cero jabas de comida… Y suponiendo que un día logre salir de aquí, ya no será como antes. Tendrá que realizar los trabajos peores, los que nadie quiere, y a la primera que haga, vuelve para acá otra vez, ¿qué le parece…? ¿Se va a decidir o no?

—Es que…, a lo mejor nos ponen presos allá, teniente, sin familia ni nada…

El teniente volvió a ponerse amable.

—No, Santiago, ya llegaron los primeros reclusos, y hasta les brindan ayuda y empleo. No sea desconfiado, no se trata de ninguna trampa, ¿no ha leído los periódicos…? El Mariel está lleno de barcos. No se ponga bruto, esta es su gran oportunidad.

—Tampoco sabemos ni hablar Inglés, teniente, casi que no sabemos Español. La profe de Español siempre nos suspendía.

—Eso es lo de menos, Santiago, el Inglés es muy fácil de aprender —nos acercó un paquete—, podemos resolverle estos libros de Inglés. Son unos cursos muy buenos. Y gratis. Usted sabe que la Educación aquí es gratis, un derecho del pueblo.

—Es que…, teniente, vea, ayer recibimos una carta de la vieja. Hace tres noches que no duerme. Por el pueblo pasaron tres guaguas de presos. Iban gritando que se iban al Norte, y que viviera Carter y eso. La vieja está muy asustada, dice que no nos vayamos, por Dios. Usted sabe cómo son las madres; y nuestra esposa anda como una loca también, y le ha puesto montones de velas a La Virgen, ella tiene mucha fe en la Virgen, teniente.

Afuera de la oficina se sentía el alboroto. El teniente se puso de pie y abrió la persiana. Los presos estaban vestidos de civil, y daban vivas y sonreían.

—Mire, Santiago, mire lo que es la libertad. No pierda este chance. Esto aquí va a quedarse vacío. Acabe de decidirse de una vez.

—No, teniente.

—Está bien, recluso, puede retirarse.

Nos pusimos de pie. Afuera seguía la algazara, cada vez con más intensidad.

—¿Usted está seguro que no nos van a meter preso?

—Segurísimo, muchacho.

—¿Y que podremos vivir en paz allá?

—Por supuesto.

—¿Y que nos van a conseguir hasta un trabajo?

—Claro. Los americanos tienen mucho dinero.

—Está bien, ¿dónde hay que firmar?

Nos sentamos de nuevo.

El teniente nos alargó la hoja, pero rápidamente la retiró.

—Espera, es tu gran oportunidad, pero esta decisión es totalmente voluntaria, no quiero que vayas a sentirte presionado.

—No, teniente.

—¿Estás seguro…?

—Bueno, sí.

—¿Y el Inglés?

—Puedo aprender si me lo propongo.

—¿Y tu mamá?

—Voy a hacerle una carta, teniente. Luego le mandaré alguna ropa y todo lo que yo pueda. Peor estoy aquí, haciéndola sufrir.

—¿Y qué me dices de tu mujer…?

—Trataré de reclamarla, teniente.

—Las reclamaciones pueden tardar diez años y hasta más.

—No importa, no somos tipos que se mueran por una mujer. Mujeres hay en todas partes. Dicen que hay más mujeres que hombres.

—Así se habla.

El teniente nos alargó la hoja de nuevo.

Había una euforia, un brillo de alegría en sus ojos de sapo, pero era un brillo extraño, que daba miedo, y sentimos una bola de hielo que nos subía por la espalda.

—El nombre ahí y abajo la firma.

Ya íbamos a firmar cuando de pronto la planilla rodó hasta la punta del escritorio y cayó al suelo, planeando como un ala.

—¿Qué pasa?

—No podemos irnos, teniente.

El teniente dio un puñetazo contra el escritorio.

—¡Por fin qué!, ¿usted está jugando o qué diablos le pasa?

—Perdone, teniente, es que tenemos un niño de dos años.

—¿Y eso qué tiene que ver?

—Que cuando lo traen a vernos, nos reconoce de lejos y luego no quiere despedirse.

—¿Y qué?

—Bueno, que nos dice papá, teniente, y nos abraza, y nos mira lindo, con los mismos ojos de su madre.

El trago de los tigres

Hacíamos la tertulia para sobrellevar la pena de habernos quitado el corazón, y cubríamos con ella el vacío de las noches. Uno llevaba un poco de vino, o de ron para mezclar con hielo y jugo de limón. Rosa María traía una rosa, como la rosa de su nombre, y la ponía a presidir la velada.

Pero nos pusieron un agente para que nos *atendiera* de cerca, y lo primero que hizo fue ver al Director de Cultura para que le explicara lo que nosotros escribíamos, y el hombre no hallaba qué hacer, cómo averiguar lo que uno componía en la soledad de la vigilia, a altas horas de la madrugada, con un mocho de lápiz en unas hojas de segunda, y presentó su renuncia por enfermedad, y la tertulia siguió creciendo.

Y designaron otro Director de Cultura y la tertulia siguió creciendo.

Y otro agente: qué era aquello de una felicidad falsa y mentirosa, por qué se decía: ese yo que guarde las verdades a la sombra, le explicáramos bien eso de un hombre caracol, y eso otro de el humo de los creadores sosteniendo mi cielo; y esa historia de las bolsas blancas y de las bolsas negras ¿tenía algo que ver con el contrabando?, ¿qué queríamos decir?, habláramos claro porque allí no podía haber confusión; y quién nos dijo a nosotros que éramos poetas o escritores, le enseñáramos el carné; si no teníamos ningún papel que nos acreditara, podíamos ser encarcelados por fraude; lo sentía mucho, pero lo mejor que hacíamos era dedicarnos a algo útil, miráramos bien que todos teníamos familias porque la próxima vez no sería igual.

Y nos acordamos de la canción Pueblo Blanco: *coge tu mula, tu hembra y tu arreo / sigue el camino del pueblo hebreo*: Lunamía, nos asfixiamos, nos morimos, nos reventamos, nos vamos.

—¿A dónde?

Estabas muy asustada.

—No sabemos.

No había muchas opciones.

Y nos miraste, y supiste que era cierto, y una lágrima rodó por la luna que era tu mejilla.

Para entonces habíamos empezado a ser *respectivamente*. Maribel y Santiago, respectivamente, María y Ale, Zenaida y Rony, Sol Alicia y Marcelito, respectivamente. Nos íbamos a casar, respectivamente; y respectivamente tendríamos hijos que se llamarían José y Julián y Celia y Fernanda, respectivamente, pero de pronto y respectivamente, fue como si todo hubiera estallado a nuestro alrededor, y empezara a fragmentarse.

Habíamos llegado a la plenitud y bebimos con serenidad el trago reservado a los Tigres:

Algunos nos quedamos con las escuelas, las fábricas, las casas, con el cielo, el mar, y el olor de los cañaverales, con la pobreza eterna de la gente, con la Ley de la Peligrosidad, y con el derecho de aplaudir, de aprobar, de estar de acuerdo...

Otros nos fuimos al Monstruo a conocerle las entrañas, a vivir de otra manera, a pensar de otra manera, a hablar de otra manera: *tú, que dejaste la Tierra responde tú, que tu Lengua olvidaste, responde tú*, y el interior del Monstruo no era oscuro como El Monstruo de aquellas postalitas de la infancia, sino que era un monstruo luminoso como un haz de luz —las Mc Donald's, los Burger King, las gasolineras— donde la creación brillaba tanto que tampoco allí podían verse las estrellas; y todo estaba hecho, inventado, sellado, empaquetado, excepto las cartas a la familia, que no podían comprarse en los mercados: querido hermano: tenemos comida y bebida y automóvil, ¿okey?, pero hay algo tremendo que nos falta, que está en falta, que no existe en estas tierras, algún remedio que nos saque el frío de adentro de los huesos...

Al resto nos tocó el sino reservado a los bravíos: pelear y morir por la patria, que es vivir. Nos apuntamos, firmamos y partimos a la desavenencia como si fuéramos a un juego, y agotamos los vados calientes del páramo y la algaba, huyendo de las fieras, Lunamía, de las enfermedades, cuidándonos del oponente, que por el día era de los nuestros y en la sombra negra nos alanceaba por la espalda, engañando aquel presente con el perplejo albur de resurtir, ilesos de la furia de los cíclopes, de los maleficios, las cábalas y otras nigromancias. Y Marcelito gemía en las noches como la cuerda triste del arpa de Príamo, porque añoraba ciertos áridos negros, y el cielo de Ítaca, y el calor de Ítaca y toda la piltrafa de Ítaca; y siempre nos pedía ayuda para componerle oficios a Sol Alicia, que lo esperaba destejiendo las luengas noches de la patria, y cuya estampa llevaba siempre en su pecho, y le hicimos una esquela bonita, del tiempo, la nostalgia, y del turbio destino del infante, y luego otra y otra, montones de cartas que recibían respuestas, que siguieron llegando a nuestras manos después de aquella noche, Marcelito, mucho después que te enterráramos, con más agujeros que un chinchorro, y con la chapilla de aluminio como moneda de alcancía en tu boca, como una hostia pertinaz en el nombre del Padre y del Hijo, para que algún día se supiera que aquel puñado de huesos con el número 1047 habías sido el guerrero Marcelito, del equipo Los Tigres, que llorabas por las noches y extrañabas a tu doncella, y al cielo hermoso de Ítaca; y nosotros no hallábamos qué hacer con las cartas de Sol Alicia que seguían llegando de la ínsula: *cuídate mucho, Marce, por Dios, mira que ya estás terminando, todavía no he conseguido el apartamento, pero ya compré un juego de cuarto, y el colchón de muelles que nos hizo un amigo por ochenta pesos. Ahí te mando unas cositas, unos ojos de Santa Lucía, y una Virgen de la Caridad del Cobre para que siempre esté contigo y te proteja, escóndela bien no sea que te busques un problema.*

CINCO

Los cantares

1

El eco del disparo se mezcló en el estruendo de miles de otros disparos: suma de innumerables ruidos simultáneos. La alarma, los gritos, la sorpresa, la protección de algún tronco ante aquella avalancha de plomo. Nos pegamos a la tierra húmeda, todavía medio dormidos, buscando nuestros fusiles, y seguía el ruido frío de la muerte. Los ayes, las quejas, el olor a pólvora, a sangre, a muerto nuevo. Gritamos, blasfemamos, escuchamos, oímos, nadie escucha, nadie oye nada, solo ruido, hojas que saltan, cuerpos que caen, que lloran, que se despiden mirando un cielo ajeno y lejano, silencio y ruido, silencio y ruido. Aquí nos quedamos, nos quedaremos todos, como se quedó Marcelito con su moneda entre los dientes, nos volveremos polvo, tierra, una chapilla de metal en el subsuelo de África por cuya superficie andarán los animales de la tierra, no, tenemos que volver, tenemos la vieja enferma, el viejo loco, un hermano asmático, una novia, un perro chino, tenemos una calle, un número, un espacio, un Carné de Identidad. Tenemos cosas que hacer, que dejamos perdidas, interminadas, deudas que saldar, novelas que componer, compromisos que cumplir, tener hijos, nombrarlos, verlos crecer, que no terminen aquí, que no queden para siempre dentro de nosotros, que no mueran también ellos como cosas sin nombres en esta otra forma de morir. Tenemos que escribir, que contar, que trasmitir esta guerra, este ruido con silencio, la nostalgia, el héroe, la hazaña y el regreso, cualquier regreso, el regreso de los perdedores, de los solos, de los olvidados, pero volver. Así lo prometimos, lo juramos, lo escribimos, heridos volver, mutilados volver, tuertos volver, mancos volver, cojos volver, marcados volver, que no hablen de nosotros, que no usen nuestros nombres como nombres de otras cosas, sobran nombres en la patria para nombrar *los nombres de las cosas que vendrán*, con la pierna tullida volver, con este agujero volver, sin pecho casi volver, con las tripas afuera, las sostendremos con las manos, seremos tipos diferentes, Tripas Afuera, se acostumbrarán a nosotros ay, a vernos las entrañas entrambas manos ay como un trofeo de guerra, tripas azules, grises, violáceas, las taparemos, las cubriremos, se acostumbrarán, nos comprenderán, nos cederán ay los asientos de las guaguas como mujeres preñadas, pero escribiremos, contaremos que los árboles se alejan, adiós madre, se separan, adiós amada, nos dejan solo, adiós patria, sobre una superficie que cae y que se mece, como un columpio interminable, vértigo profundo, vértigo..., vér..., ver, abrir los ojos, los ojos, los...

2

Cuando desperté, rodeado por las sombras, vi una luz muy potente que se acercaba. Tuve miedo, cerré los ojos, y escuché una voz que me decía: "No temas, que yo estoy contigo. Escribe ahí todo cuanto veas y oigas, y mándalo a las Catorce Provincias". La luz se disolvió en el espacio como el resplandor de una centella, y lo primero que vi fue a mi amada, que venía flotando, con sus brazos extendidos como dos alas de aire, afligida y ajada, pero con el mismo brillo de luciérnaga en los ojos: amada mía, ¿qué ocurrió…? Se quedó mirándome. Me dio un beso ligero como un soplo, como el parpadeo de una mariposa, y se disolvió como un suspiro. Luego vi a mis dos abuelas, que parecían dos palomas, como hermanas diciéndome adiós. Después pasaron mi abuelo negro y mi abuelo blanco, y mi madre y mi padre, como dos globos gemelos, ella iba con un pedazo de tafetán, cuyo trazado no pude distinguir, y mi padre con el retrato de un prócer, que se llevaba el mapa de Cuba en el bolsillo. El prócer sacaba una mano del bolsillo y le apretaba el cuello a mi padre, pero él sonreía porque el prócer lo dejaba respirar para no caerse del bolsillo de mi padre. Pasaron además innumerables parejas donde él era muchacho y ella anciana. Y vi abuelos más jóvenes que los nietos, y padres de la misma edad que sus recuerdos. Luego vi a Cheo Coyunte, con el carril de un ladrillazo en la cabeza. Y vi pasar a una sombra con una herida de arma blanca en el vientre: ¿Santiago, tú también…? Sí, él también. El Dienteperro había vuelto y no tuvo tiempo de hacer nada. Y vi a uno con su cuerpo tatuado de agujeros negros, y a otro que le faltaba un pedazo del pecho, que parecía dos seres alejándose con un espacio vacío entre ambas partes de sí mismo. Luego vi un paisaje nevado donde Frank Caballero y Rony y Juan Ramón, lucían tan reducidos que cabían en el estuche de un paraguas: el frío, me dijeron. Yo pensé en las gélidas temperaturas del Septentrio. Pero no había sido el clima, fue un frío diferente, alegaron, que nacía desde la semilla, de adentro hacia fuera como una explosión de carámbanos. Luego pasaron el teniente Capote, y la fotografía de Teófilo Stevenson en su pelea con Duane Bobic, y Alicia Alonso girando a Giselle, con una pierna en lo alto, y Jorge Luis Borges con una edición británica de El Aleph, y el Rey Juan Carlos, y Camilo Sesto, y Juan Pablo Segundo, y dos militares rivales de alto rango, que sonreían y se daban la mano, tras firmar la paz sobre las tumbas de los guerreros muertos; y miles y miles de soldados sin rostros, todavía vestidos de uniformes, con sus recientes heridas sin cerrar como flores de alcandora. Luego vino una pausa hasta que vi a uno larguirucho que sostenía su hígado enfermo entrambas manos, sin saber qué hacer con él, y seguidamente a una viejecita de rostro amable que me pareció conocida por cierta rosa roja que lucía en su pelo. Por último llegó un silencio redondo, absoluto, que no parecía tener fin, y las cosas empezaron a desleírse. La vista se me perdía en el espacio sin encontrar un punto de apoyo. Miré hacia un lado y tampoco había nada, ni siquiera *la nada* había. Miré hacia

el otro, y me vi a mí mismo escribiendo una novela con una espina de pescado en las hojas de
un maguey. Me acerqué a mí, pero no me sentí,
concentrado en la escritura. A medida que gra-
baba su dolor en la masa vegetal, mi doble se
iba consumiendo como el cabo de una vela.
Transcribí los caracteres que se referían a cierta
isla irrevocable, para enviarla a las Provincias,
tal como había dicho la voz. Cuando puse el
punto final, mi doble estaba del grosor de la
púa con que escribía: ¿qué te pasó, a ti, a mí, a
nosotros, tú aquí, a ti también…? Mi otro yo me
abrazó y lloró por mí, su voz era delgada como
el eco de una flauta.

—No sé nada. No sé.

Abandonó las hojas del maguey y se perdió
en la distancia.

3

La amada y el esposo:
    Yo dormía,
    pero mi corazón estaba despierto.
    Oí la voz de mi amado que me llamaba:
    Ábrame, hermana mía, compañera mía,
    Lunamía, preciosa mía;
    tu presencia

será como un bálsamo
a mis huesos,
como las hojas verdes de la salvia
para calmar este ardor
de plomo que me asalta,
cual ejército de fuego
calcinando mis entrañas.
Me quité la túnica,
me lavé los pies,
y abrí a mi amado,
pero mi amado se había ido.
Lo busqué y lo hallé
sentado allí
donde solíamos mirar
las hojas de los álamos.
El rostro de mi amado
brillaba con la luna
como cántaro de miel al mediodía.
Mis ojos, dijo, han bajado hasta las minas
de los metales del alma,
burlé a los vigías
que eran muchos y diestros con la espada,
y aquí estoy, mi bella amada.
Yo temblaba
cual paloma mojada de rocío.
Que no sepan que mi amado,
merodea estos dominios,
¿qué ocurre que tu cuerpo
pierde los contornos?, ¡oh Dios mío!

No conviertas las formas en palabras.
¿Por qué apuntas cuanto digo?
Pero mi amado escribía poseído
por el embrujo de la velocidad.
 Y desapareció
como una sombra en la sombra,
lo busqué y no lo hallé,
lo llamé y no respondió.
Tenía el pelo chamuscado
y cochambrosa la ropa,
y un hueco de aire en el pecho
del ancho de una toronja.

Coro:
 Vuelve, vuelve, amado, vuelve,
la niña está sola, vuelve,
vuelve para contemplarte.

ELAUTOR

Premio El Caimán Barbudo (1990). Ha publicado *Oficio de Hormigas* (cuentos, 1990) Premio
Abril; y las novelas *Esos Muchachos y María Vir-*
ginia está de vacaciones. Esta última recibió el
premio latinoamericano Casa de las Américas,
el premio anual La Rosa Blanca que concede la
Unión de Escritores y Artistas de Cuba, y el

Premio de la Crítica a las mejores obras publicadas en Cuba durante 1994.

En 1995 recibió el premio Bustar Viejo, de Madrid, España, por su cuento *Legalidad Post Mortem*.

Cuentos suyos han aparecido en las antologías *Cuentos de la Remota Novedad, Los muchachos se divierten, Diana, Fábulas de ángeles, Antología del cuento espirituano, Punto de partida*, y en diferentes revistas como *Bohemia, El Caimán Barbudo, Letras Cubanas, Casa de las Américas*, entre otras. Otros textos han sido publicados en México, Rusia, Venezuela, Argentina y España.

En 1998 la Editorial Norma, Colombia, publicó su novela juvenil *María Virginia, mi amor* (finalista del Premio Norma-Fundalectura); y en el 2001, su novela *Las raíces del tamarindo*, fue finalista del Premio EDEBÉ, y publicada por dicha editorial en Barcelona.

En el 2003 la Editorial Plaza Mayor, de Puerto Rico reeditó *María Virginia está de vacaciones*.

En el 2009 salió Mañana es Navidad por la editorial Iduna de Miami (reeditada en el 2011 por Eriginal Books), y *María Virginia mi amor* por Gente Nueva, La Habana.

En el 2010 salió, también por Gente Nueva, *María Virginia está de vacaciones*. La misma editorial publicó también en el 2012 *El beso de Su-*

sana Bustamante, y la editorial El Barco Ebrio, de España reeditó *Las raíces del tamarindo*.

En el 2013 la editorial La Pereza publicó la colección de relatos *Un pie en lo alto y otras encerronas*. Por su parte Eriginal book, ha reeditado *María Virginia mi amor* (2013) y *María Virginia está de vacaciones (2014)*.

Actualmente reside en Miami, Estados Unidos.

ÍNDICE